I skyggen

Andre klassikere udgivet ved Poul Erik Kristensen:

Jeppe Aakjær:
Fra min bitte-tid (erindringer). 2016.
Drengeår og knøsekår (erindringer). 2016.
Hedevandringer (kultur- og naturbeskrivelse). 2016.
Vredens børn (roman). 2016.
Bondens søn (roman). 2016.
Arbejdets glæde (roman). 2016.
Vadmelsfolk (noveller). 2016.
Johan Skjoldborg:
En stridsmand (roman). 2017.
Gyldholm (roman). 2017.
Per Holt (roman). 2017.
Nye mænd (roman). 2018.
Henrik Pontoppidan:
Isbjørnen (roman). 2017.
Alexander Rasmussen:
Forvalteren på Lindenborg (roman). 2017.

Johan Skjoldborg

I skyggen

Forlag: BoD – Books on Demand, København, Danmark
Tryk: BoD – Books on Demand, Norderstedt, Tyskland
ISBN 978-87-4300-197-3

INDHOLD

Udgiverens forord

Johan Skjoldborg (1861-1936) regnes vel ikke i dag blandt Danmarks store forfattere, men ingen har dog overgået hans beskrivelser af de danske husmænds vilkår. Her har han præsteret nogle klassikere, som vil holde mange år endnu. Hans første roman blev udgivet i 1893. Herefter kom der nye titler med jævne mellemrum, og flere kom endda i adskillige oplag.

Men tiden går, og retskrivningen ændres. Derfor har jeg i 2017-2018 med nænsom hånd redigeret enkelte af Johan Skjoldborgs bedste bøger for at fjerne nogle irritationsmomenter for nutidens læsere. Her har mit udgangspunkt været, at hvis jeg var i tvivl om det rimelige i at foretage en rettelse, fik Skjoldborgs egne ord lov til at bestå. Forfatteren har med andre ord hele tiden stået over grammatikken.

Navneord skrives med lille begyndelsesbogstav, med undtagelse af forskellige egennavne ændres aa til å, gamle stavemåder erstattes af nutidens, og enkelte ord erstattes af nye, der er mere forståelige. Endelig er der også hist og her, men bestemt ikke i noget stort omfang, blevet ændret en smule på tegnsætningen.

Skjoldborg lader i nogen grad sine hovedpersoner tale dialekt, men han gør det på en sådan måde, at det næppe giver forståelsesmæssige problemer. Skulle der imidlertid være en enkelt svipser, vil oversættelsen formodentlig kunne findes inde på nettet i ordbog over det danske sprog.

Poul Erik Kristensen

Jeg spændte mit lærred bag klitternes rad
ved mosernes sivkranste grave,
hvor havet brummer sit vikingekvad,
ukendt med Ast og Ave,
hvor sivet synger så spæd en sang
til klittagets dæmpede strengeklang,
mens vinden sukker på heden.

Ind over landet i rundsyn vid
sig fædrenes grave tue.
Manden dyrker sin lod med flid,
og kvinden gør lyst i hans stue.
Over brune banker går mindets sus
ud over gård og hytte og hus
over nutidslivet i dalen.

Livet med kampen for livet man fik.
Fattigmands kamp for brødet,
kampen mod sløvelsens sovedrik,
mod sansen dummet og dødet.
Livet med evnernes fødsels-ve
og viljernes bitre vånde,
håbet om, hvad skønt der vil ske,
i drømme dragende ånde.
Modet, der spænder til nye tag.
Syner, der stå som en gryende dag
for muldets mænd i det fjerne.

Muldets mænd i hytte og vrå
af tunge tanker bøjet,
i skyggen de bo, og dog jeg så
dem lyset tindre i øjet.
Jeg så dem på post, de krøgede skrog,
og få kun skænked dem agten,
trods hytten brændte, jeg så dem dog
ikke løbe af vagten.
- Se, derfor greb jeg min pensel fat,
og derfor løfter jeg højt min hat
for dem, der leve i skyggen.

DET BRISTEDE

I

Jens Rods firskårne krop, der omsluttedes af en rød- og grønstribet hvergarnsvest med hvidt bagstykke, sad på et par hjulben, der gemte sig i hjemmevævede bukser, som falmede i det grønlige, med store, mørke lapper på knæerne. Ufarvede hoser, strikkede trøjeærmer, der var bødede på albuerne, og en lodden hue fuldendte hans daglige dragt. Det blonde rundskæg, der var tæt og stift som hårene på en børste, omgav et udpræget ansigt med en kraftig næse, en stejl pande og et par kloge, grå øjne, der sad lunt gemte under ualmindeligt buskede bryn.

Jens Rod gik i træsko, han selv havde skåret, og spillede på en violin, han selv havde bygget. Hænderne kunne gøre alt det, øjnene så, og det hus, han boede i, var da også hans eget værk lige fra grunden og op til mønningen.

Håndværksfolkene kom nemlig ikke den dag, de havde lovet. Og da Jens Rod en otte dages tid havde gået og set på stenene, der stod i stabler, tagbunkerne, tømmeret, alt det, der med møje var slæbt sammen om den jævnede grund, - uden at de lod sig se, og da det var Jens' vilje, at huset skulle rejses nu, så tænkte han: "Fanden skulle vente længere på dem," og så tog han selv fat på murskeen. Sine, hans unge kone, og gamle Mikkel Kræmer gik ham til hånde, og da håndværksfolkene endelig mødte, sagde Jens Rod, at han havde ingen brug for dem.

Alle sagde ellers, at der var ikke mange, der byggede et smukkere og bedre hus, og dog havde han aldrig lært byggeriet. Der blev rigtignok for få sten til den ene ende; den stoppede han så op med tørv og lyng, og siden blev der i mange år aldrig rørt en hånd ved huset, mere end den allerhårdeste nødvendighed krævede.

Fra den tid fik Jens Rod lyst til at bygge huse. Især når gamle bygninger skulle flyttes, eller der var noget arbejde, andre rystede på hovedet af, var Jens Rod manden i mange miles omkreds. Og nyttig var han på mange måder at have i gårde. Han murede, tømrede, tækkede lige nemt, lige godt og lige glad, og hvis konen havde en kaffekedel, bunden var gået af, eller manden havde et ur, der trængte til eftersyn, så sagde Jens Rod: "Kom her!" Ved gilderne kunne han slet ikke undværes, da han var den vildeste spillemand langt og nær.

Derfor havde han Arbejde nok og tjente stundom mange penge.

Men det traf også, at han blev borte fra arbejdet i flere dage. Det var, når nykkerne kom over ham, mente folk. Så gik han derhjemme og gøglede med hjul og møller og maskiner, alt det væsen, han ville opfinde - luftkasteller naturligvis! — Men det var da sært, mennesket ikke havde så meget vid, han kunne skønne, at det at gå og pille ved sådant makværk i den bedste arbejdstid, det var da tordnende galt og uden spor af fornuft.

Men Jens Rod tog ingen hensyn, når ideerne kom. Så smøg han arbejdsselen af sig, hans åsyn lyste, og det var hans livs festdage, når han lukkede sig inde og gav sig hen til det, der vældede op i hans tanker. Han kunne sidde timevis i bænkekrogen, blinke med øjnene og træk-ke sig i skægget; så kunne han rejse sig brat op, snitte og tegne og gøre en masse kunster, der var uden mening for andre mennesker. Han mælede næppe et ord og hørte knapt, hvad der sagdes til ham. Således gik dagen. Om natten lå han urolig, småsnakkede med sig selv, sprang så op, skød børnenes slidte og stoppede klæder, der lå på bordet, til side, og ved en lille osende petroleumslampe sad han så i sine lappede underbukser og syslede med planer, der skulle bringe menneskeslægten et stykke fremad.

Sine lod ham i ro i sådanne stunder og holdt børnene ude det meste muligt. Hun havde stærk tro til det, der arbejdede bag denne stejle pande. Hver gang hun kom gennem stuen, skottede hun til ham og snusede luften lydelig ind gennem næsen, mens hun trak underansigtet nedad - et tegn på, at hun var interesseret. "Bare han dog måtte hitte på det!"

Navnlig ved sådanne lejligheder kunne det hænde, at der ikke var mere brød i huset; og når der så kom bud, om Jens Rod ville have med sit arbejde at gøre eller ikke, gik hun hen og så længe på ham.

"Nu får du af sted, bitte Jens!" sagde hun blødt.

Og når han så skyndte sig syd på ad mosevejen, stod konen og så efter ham, så længe hun skimtede hans hvide vesteryg.

II

På fugtigt tuekær og ensomme overdrev havde Jens Rod vogtet bondens kvæg. Og når han mange gange måtte løbe langt og vidt omkring, havde han ofte grundet over, om det ikke var muligt at ride eller køre på noget hjulværk, som man kunne træde med fødderne for at komme hurtigere og lettere af sted. Men hans spinkle tanke kunne ingen vegne komme dermed.

Ungdomsårene gik med bondesyssel på ager og i lade. I flere år tjente han Peder Sand. En formiddag kom denne ud i loen, hvor Jens stod og grublede ved hakkelsesmaskinen.

"Men hvad i alverden! Du har jo ikke skåret den mindste smule endnu!" udbrød husbonden.

"Jeg står og tænker på, at vi må kunne komme meget nemmere fra dette her, når vi fik noget trædeværk anstillet, der kunne virke sammen med svinget!"

Husbonden lo og sagde: "Mens du står og spekulerer på det, kunne du jo have skåret hakkelse til en 3-4 dage!"

Jens Rod havde flere planer til forbedring af mange ting, mens han tjente Peder Sand. Men så kom tiden, da han skulle til København og være soldat.

Hele natten stod han og stirrede på dampmaskinens gang. Med stor ærbødighed betragtede han disse blanke stænger, stempler, hjul og skiver, der passede så nøje ind i hinanden, og han søgte at hitte rede i dette underlige værk, der bar ham selv og alt det, som var i skibet, gennem den mørke nat over havet til fremmede egne. Det var som et eventyr. Han kiggede fra den ene side og fra den anden side; og når han opdagede sammenhængen på et enkelt punkt, udbrød han halvhøjt i glad overraskelse: "Det er godt! det er godt!" - "Ja, gu er det godt!" sagde mesteren, der kom op ad jerntrappen fra maskinrummet, og viste sine hvide tænder i det mørke ansigt.

Men til den lyse morgen stod Jens der, hældende sig til lugens kant og rystende af kulde i sin tynde frakke.

Hovedstadens liv, der vrimlede mellem himmelhøje huse, ilede gennem gaderne, fortættedes ved stationer og torvepladser og væltede ind i lysthaverne, når lamperne tændtes, - fangede hans opmærksomhed. De tusinde tråde, der slyngede sig gennem den store bys forretningsliv og industri, fulgte hans øje med stigende undren, men det var dog især opfindsomhedens og snillets værksteder, værfter og fabrikker, der fængslede ham.

Det var en hel ny verden, der dukkede op i hans synsrand, en verden, som vinkede til ham med alle sine herligheder. Men alligevel droges han med øget længsel mod sin hjemstavns klitter, hvor der gik en blussende frisk bondepige og hviskede hans navn til hver en fugl, som fløj forbi.

Og de var snart blevet gift; så var huset blevet rejst, afsides ude ved klitterne, hvor jorden var billig, og det varede heller ikke længe, inden der blev flere munde om det brød, han kunne tjene. Han gik ud på arbejde, og hun fødte børn og røgtede tørv for folk i sommertiden. Således gik årene. - Hver aften, hun kunne vente ham, spejdede hendes øje ud over sletten, og hvis børnene ikke var gået til ro, stormede de ud af døren og løb ham i møde langt borte, hængte sig på ham som burrer og støj-ede glade omkring ham.

Til huset var der nok nogle tønder land, som kunne op-dyrkes, men de fik ligge, som de altid havde ligget. Koen og fårene drev om i klitbakkerne og tørvegravene, hvor de havde lyst, og børnene gjorde ligeså; barhovedet og bar-benede væltede de sig i det gule, brændende flyvesand mellem marehalmens buske, plukkede blåbær mellem duftende pors og flettede sig hatte af den friskgrønne siv i gravene, - indtil de blev så store, at de kunne tjene deres eget brød som hyrder.

Uagtet havet var over en mil borte, strakte der sig dog tæt nord for huset en mægtig klitkæde. Mod syd og øst bredte sig vidtstrakte mosedrag; ældre jævnede tørvegrave med mange sivbuske, hvor haren holdt af at ligge, og ny tørvegrave med glatskårne, sorte vægge og balker om-kring mørkt mosevand. Her var livligt om sommeren, når travle hænder stablede talløse tørv i skruer. Men den me-ste tid af året boede ensomheden på den mennesketomme strækning, der adskilte husets beboere fra byernes larm og liv. Lyng og pors flettede sig sammen med små birke, pil og gråris til en lille urskov, hvor glade sangere boede. Her var kæmpestore myretuer og et myldrende insektliv under de lave buske. På sumpede steder nåede rørtaget mandshøjde, og i mosehullerne svømmede vildænderne

med deres ællinger. Om formiddagen mødtes brushanerne
på deres samlingsplads og brystede sig, og om eftermid-
dagen holdt ræven øvelse med sine unger. - Når solen stod
op en sommermorgen glimtede dens stråler på duggen,
der hang i de våde kviste, og lyste på edderkoppens væv,
der spandt sig fra gren til gren. Lærker, solsorter, gærde-
smutter . . . de svang sig op i luften, som de fyldte med
jublende tonestrømme, eller de sad og kvidrede på risene
og gyngede i rørtagets top. Solen steg højere og højere
over et summende og murrende naturliv med grøde, triv-
sel og livsglæde, med kurrende elskov, strid og sår og suk.

Her talte naturens stemmer til det oprindelige i Jens
Rods sind, og han kunne ligge og grunde herude søndag
eftermiddage, mens hans hustru sad hos ham og bandt på
en hose, og børnene legede længere borte.

Ved aftenstid, mens hustruen malkede koen, kunne han
tage sin violin og sætte sig udenfor på en huggestol. På de
blåtslørede bjerge i vest var solens bål tændt, flammerne
luede højt op og blinkede på rudernes glas. Jens Rod jog
buen over den brune violin, så det lyse harpiksstøv lagde
sig under strengene. To børn stod ved hans knæ, et mindre
hældede sig sovende mod sin ældre søster, der sad på
grønningen, og en pluskæbet fyr lod sin buttede hånd
stryge kærtegnende hen ad ryggen på mis, der kælent
bøjede sig efter håndens bevægelser.

Solen sank i bjerge, bålet slukkedes, og dagen gled tyst
ind i nattens mørke.

III

Når vinteren kom med driver og fygende sne, der fyldte
alle pytter og grave, og lunede huset ved at tætte alle rev-
ner, sad de inden døre i mosehuset, en lille fattig og lyk-

kelig verden for sig. Så var der tid til granskning for Jens Rod, og for øvrigt havde han fra i år og i fjor hundrede småting, der skulle klinkes og loddes for folk. Sine stoppede og bødede, og desuden søgte hun at løse den vanskelige opgave at få det sparsomme sul til at strække ud over den kolde årstid.

Men når den unge vår rystede sig, så is og sne fløid i strømme til hav og fjord, da så man årle og silde Jens Rod færdes mellem sit hjem og fjordbyerne med sin redskabskasse på nakken.

Syd for mosedraget lå de tætbyggede Øster og Vester Fjordby på gammel mark, og bag dem hævede Himmerlands banker sig hinsides fjorden som mørke skydannelser i himmelbrynet.

Det var hos disse byers gårdmænd, at Jens Rod tjente sine fleste penge, og det var med dem, han mundhuggedes, for hans mening var som oftest på tværs af andres, og han havde ikke det smidige sindelag, der let kan sno sig.

Hvor han kom, tirrede man ham mestendels med hans opfindelsesforetagender, og han løb stadig mod spydighedernes spidser. Når han kunne få ram, huggede han hensynsløst igen. Men han var ene mod mange, og når hånlatterens kolde byger haglede ned over ham, bragte de gysninger til hans hjerte. Ingen tænkte vel over, hvor stærkt han såredes, men i årenes løb afsatte den ene brod sig efter den anden i hans sind, så han blev ru og vranten af væsen. Ved hvert nyt sammenstød trykkedes broddene længere og længere ind, så det blev pinefulde år for Jens Rod.

Men under hans hustrus milde blik smeltede det stive væsen, og derfor følte han sig kun tryg og lykkelig i hendes nærhed. Hun var hans eneste virkelige ven i verden.

I femogtyve år havde alle drillet ham med hans opfindelser, og i femogtyve år havde han drillet igen. Det var mange rap, han havde givet dem, men det var, som han for hvert, han uddelte, blev mere fattig og ene ... Og havde de ikke ret, de mennesker, han kaldte dumme? Kunne han ikke have haft det roligere, hyggeligere, rigeligere, hvis han havde evnet at rive denne indre drift ud af sjælen, denne uro, der aldrig lod ham i fred? Var den fra himlen, eller var den fra helvede? . . . Og hvad blev det for resten til med hans planer? - Spot og grin og ingenting andet. - Var det ikke indbildskhed det hele? - Ja, hvis han i sine unge dage var blevet i hovedstaden og havde gået på værksteder og skoler, eller hvis han ikke nu var pisket til at hænge i selen for brødets skyld ... De forbandede penge!

Det var mange tanker, der jog gennem Jens Rods hjerne, når han gik hjem fra byerne om aftenen. Men når han så tænkte på sin hustru, der troede på ham, og han kom ud ad mosevejen, hvor alt var stort og stille, og aftenens fred hvilte, så lagde de stride tanker sig til ro.

Mosevandet, der var indrammet af tørvejordens vægge, lå aldeles blikstille med månelyset over sig - som et blankt spejl, hvorover de lave brinker og sivbuskene kastede deres skygger. En dobbeltbekkasin surrede med skarpe vingeslag gennem luften og skogrede. Gårdhundene gøede i byerne, men lyden, der bares den lange vej over mosen, lød så afdæmpet, at den kun forhøjede stilheden. Havets drøn nåede øret fra det fjerne. Vandet piblede og rislede, og enkelte steder, hvor der var stærkt fald, brusede det, når man kom i nærheden.

Kulturen var ikke nået herud med sine grøfter og kanaler, der vældede og gærede i grunden.

Jens Rod følte sig sælsom til mode. Det var, som dunkle kræfter lønligt rislede og vældede og gærede i hans eget bryst.

IV

En søndag formiddag lå Jens Rod ved en tørvegrav og fiskede. De små Rod'er lejrede sig deromkring og stirrede ned i dybet, opmærksomme ved ethvert lille plask. Solen stod højt på himlen, og børnene kunne se deres eget billede i det stille vand. Det var morsomt! Så spyttede de i vandet og sparkede med de bare ben i luften; men hver gang faderen halede en blank fisk i vejret, skreg de af glæde.

"Lykke med arbejdet, hr. professor!" sagde en munter stemme.

Alle væltede sig om på siden og så "Markus med liren" med hans violinpose af sort olieret tøj under armen.

Han så ud, som han var klædt på i en marskandiserbod; et par lystige, men glansløse øjne spillede i hans magre, skægløse ansigt, i hvilket en rød næse dannede midtpunktet.

Markus havde stået øverst på kirkegulvet ved Jens Rods side på konfirmationsdagen. Siden havde han strøget vidt om land og tjent til opholdet ved sit spil. På sine strejftog forsynede han landsbymusikanterne med sine egne kompositioner, der var ganske ejendommelige, og et par gange om året kom han til denne egn. Altid gæstede han så Jens Rod. Han havde gerne en flaske brændevin i lommen, og mens glassene tømtes, sad de to hos hinanden undertiden nat og dag.

Disse besøg var et brud på Jens Rods ensformige tilværelse, og de blev ham en kærkommen lejlighed til ligesom mere fuldt og frit at drage ånde i de tanker og fremtidsdrømme, han ellers kun delte med sin hustru, for Markus var en opmærksom og undrende tilhører.

Børnene tog altid mod den fremmede spillemand med strålende øjne, for når han kom, så vidste de, at der blev stort hus og livligt spil.

De kom alle ind i dagligstuen, hvor der stod et bord og en bænk under vinduet, intet mere. Hverken dette eller noget andet derinde var malet. Kalkpudsct var faldet fra ved dørene, så de grå, ubrændte sten grinede frem. Der hang en violinpose af rødbroget kalveskind på væggen, og i vinduet lå der nogle pinde og hjul og små møllevinger som til et legetøj.

"Goddag, madam!" sagde Markus og rakte sin tynde, klamme hånd til Jens Rods hustru, der kom gennem stuen. Hun smilte lidt og fik fat i fisken, der snart kom i gryden, mens et par raske drenge kom af sted til høkeren.

"Nå!" sagde Markus, idet han drak den første dram, "hvor langt er du så kommen med tingene, du gamle?"

"Ja, du ved jo nok, at jeg ikke sværmer for dampen og disse kunstige kræfter. Nej, vinden, lufttrykket, spænd-kraften og vinden, sådan noget som er lige ved hånden, som er tingene i naturlig tilstand. Ikke alle disse kunstige maskiner, de er for indviklede og for kostbare. Nej, ser du . . ."

Jens Rod udviklede sine planer så flydende og med en ordrigdom, man ikke skulle have tiltroet ham. Imens teg-nede han på bordet, svingede med armene og slog streger i luften. Sine kom ind, når hun havde tid, for hun holdt af at se ham, når han var i lag med de dele.

Markus sørgede for skænkningen og lyttede til Jens Rods fremstilling. Han nikkede bifaldende og sagde en-gang imellem: "Du er drollen splide mig en tamp, Jens!" eller: "Dersom vi havde penge, Jens. - død og pine! - Skål!" Hans indvendinger tog Jens Rod op til grundig behandling, og det tog lang tid, inden han blev færdig.

Sine satte med venlige øjne den dampende fisk på bor-det.

"Fisken skal spille mig svømme!" sagde Markus og skænkede.

Jens grinte: "Der er sådan slag i dig, Markus! - Skål da!"

Børnene hængte i med, at de skulle spille for dem, og så måtte jo violinerne frem af poserne. De to venner spillede i flere timer, så det klang i huset, et underligt, vildt spil. Børnenes øjne tindrede, en lille pige trippede om på gulvet med en ganske lille bror, og Sine stod i sovekammerdøren med udbredte fingre på maven og lyttede efter.

Det var over sengetid. De to mænd sad i den forreste stue ved den fjerde kaffepunch, og Sine lå over vuggen i sovekammeret og gav bryst. Så hørte hun Markus sige: "Hvad var det, du sagde til rigsdagsmanden forleden? Jeg hørte noget om det oppe i byen!"

"Ja, se, Søren Kristjan spurgte jo i sin tale oppe fra forhøjningen, hvorledes noget kunne være lovligt og dog sørgeligt. Og så var det, jeg sagde til ham med det samme, da han gjorde et bitte ophold: "Det skal jeg sige dig, Søren Kristjan! Du er vor rigsdagsmand, det er lovligt, men det er fanden pine mig sørgeligt! - He! he!"

Markus lo, så han nær var blevet kvalt i et hosteanfald. Sine smilte og tænkte: "Hvor det ligner Jens!"

"Du er et jern!" - sagde Markus med øjnene fulde af vand, da han fik vejret igen.

"Spille mig et jern!"

"Ha! ha! ha! - Skål! .... Hvis vi havde penge, Jens, - død og pine! Men hvad er nu det for noget, der ligger i vinduet; - er det vindploven?"

"Ja! - det er ligegodt den, jeg er nærmest ved at hitte ud af endnu. Den vindkraft, Markus, den må der ske noget med engang; sådan en masse styrke og kraft, som går vor næse forbi hver evige dag!"

Han tog modellen frem.

"Dersom denne her ikke kan gå, så må du skyde mig på pletten! Men jeg har også spekuleret på den i tredive år ... Ja gu tredive år! - Jeg har våget mange nætter over den tingest, mens de inde i Fjordby har ligget og snuet i tykke dyner. De høveder, der griner af mig, og så har de ikke mere tankekraft i hjernen end jeg i min lillefingers negl. Ja, vel er det harmeligt, men jeg kan ikke lade være, om det så skulle gælde min hals. Ja, se den skal altså gå ved vind, forstår du," og Jens Rod fortsatte undervisningen.

Den lille skæve lampe kastede sit sparsomme lys over de to mænd, en brændevinsflaske og to halvfyldte, hankeløse kopper, der stod på bordet. Somme tider støjede de, fortalte muntre historier, lo og klinkede. Somme tider sad de og døsede, og rusen virkede på mæle og miner. Det var sent på natten.

"Ja, de tror nok, at jeg kan gøre, hvad det skal være, når det da kan gøres med hænderne, men sådan ligefrem opfinde noget mærkeligt, der kan komme i historien, det tror de ikke, jeg kan," sagde Jens og grinede, "men det kan være, de kommer til at tro det alligevel. - Sover du, Markus?"

"Nej, jeg tænker!" snøvlede han.

"He! he! Skænk vos en dram!"

"Det skal jeg," svarede han og tog sig sammen.

"De tror også nok, at du kan spille de fleste musikanter sønder og sammen ved legestuerne, men de tror ikke, at du kan spille sådan, som du somme tider kan, sådan ud af dit eget hoved, og sådan at det kan trykkes på noder og spilles af svære folk, det tror de ikke!

- Tak! skål! - åh giv mig ølkruset - ah!

- Nej, det tror de s'gu ikke!"

"Nu skal du høre noget nyt!" udbrød Markus med liv og stemte violinen. Og så spillede han så længe og så vel, at Jens Rod fik tårer i øjnene.

"Når jeg tænker på, hvad du kunne være blevet til, Markus. "

De to mænd fortsatte til den lyse morgen. Så sov de; derefter stak "Markus med liren" nord over klitterne ud i den vide verden, og Jens Rod gik til Fjordby på arbejde.

V

Det var på foranledning af lærer Johansen, Fjordby, der var sekretær i Landboforeningen og referent til "Folkebladet", at Jens Rod fremstillede sig med sin vindplov ved Landmandsudstillingen i Aa Kro den 20. juni.

Et dejligt sommervejr lyste ned over en lang række præmieæskende jysk kvæg, der stod uroligt, brølede og gnubbede sig op ad det rystende, midlertidig opførte stænge, det lyste over hors- og hingstdyr, hvis blanke hårlag glinsede, og hvis løftede hoveder og spilede næsebor vidnede om de usædvanlige forhold, - og det lyste over blanke blæseinstrumenter henne i nærheden af den "med flag og grønt pyntede talerstol".

Ved et bord stod vindplovens opfinder med sin model.

"Jeg tror fanneme, Jens Rod står der henne ved bordet med sit mekanik-væsen. Han går såmænd fra "snøvsen" med det første!" var der en, der sagde til sin nabo.

Som folkestrømmen steg, kom mange drivende forbi Jens Rod. Ungkarle, der var øre og overstadige af drik, ville købe hans mølle for 25 øre; somme tider trængte mange sig om ham. Det var ikke få spydigheder og drillevorne ord, han måtte bide i sig, og mange hånske blikke og skuldertræk måtte han indvendig vride sig under. Men der kom også mange, der undrede sig over den sindrige vind-plov, viste ham agtelse og talte fornuftigt med ham. Flere fine folk, deriblandt Landboforeningens formand, godsejeren, landstingsmanden, ridderen, den høje stateli-ge herre stod ikke så kort en stund hos ham og skiftede

23

ord om vindplovens sammensætning og virkemåde. De hilste ham anerkendende og håbede, han ville få noget ud af sin opfindelse.

Men Jens Rod bandede på, at sådan noget som den udstilling, skulle det vare noget, inden man igen skulle få ham med til for at gabes på og glos på og udgrines. - Nej, hvis landmændene havde sagt til ham: "Den plov er godt lavet; du er en knop; den plov skal til vinden; her er pengene, og er det for lidt, så er her flere" — se det var der mening i. Han havde tænkt, han skulle få sådan noget ud af det på en måde. Men dette her! - nej, nu går det ad Hekkenfeldt til med hele skidtet . . .

"Men se dog her, Jens, hvor "Folkebladet" skriver kønt om dig!"

"Ja Herregud, bitte Sine! pæne ord og talemåder! - men pengene - disse lumpne skillinger! - Men jeg ser nok min skæbne; jeg kan lige så stille synke i muldet igen med min vindplov. Jeg kan godt gå hen og lægge mig, og så kan min opfindelse rådne og ruste op. Så, når jeg er væk, vil man sige: "Det var for resten en underlig fyr, den Jens Rod! - Hvordan - opfandt han ikke noget?" - og så kan de lede efter stumperne."

"Men hvad ville du da . . ."

"Jeg ville gøre et værk, der skulle gå over i folkets brug og tage mit navn med sig!"

"Nej, jeg mener, hvad ville du, de andre skulle gøre andet end at omtale din opfindelse godt? - Jeg synes, udsigterne er bedre end nogensinde."

"Pengene? - Pengene til at lave en virkelig vindplov, der kan arbejde i den virkelige jord, så alle fæhoveder kan se det og tage og føle på det? Sådan en koster penge, kan du tro. - Nej, det synker, du!" sagde han og trak sig i skægget.

"Skulle det være mange penge?" spurgte hun.

"Ikke så få!"

”Jeg har jo endelig et par skilling!” vedblev hun.

”Har du?”

”Ja, jeg har lagt dem til side i flere år, lidt efter lidt, for jeg tyktes nok, det anede mig, at der ville komme sådan en dag, da du ville trænge gruelig hårdt til dem. Somme tider har jeg haft flere, men når det har knebet . . .”

Jens Rod vendte sit ansigt bort og glippede lidt med øjnene, men han trykkede konens hånd, som da de var kærestefolk.

”Hvor mange har du så?” spurgte han lidt efter og så op med et lyst åsyn.

”Der skulle være 75 kroner!” svarede hun, idet hun hentede dem inde i sovekammeret.

”Men det er vel for lidt?” spurgte hun og så på ham.

”Ja for lidt er det, for der skal flere hundrede til!” svarede han smilende. - Men du skal have tak, Sine! - Du har altså hele tiden for alvor ment, at der virkelig ville komme en sådan dag! - Ja, så! ja, så! . . . Det er godt! . .. Hør du! Vi kunne jo sælge huset?”

”Ja, hvad så?”

”Der kunne jo nok blive så meget tilovers, som jeg behøver, når jeg nu har disse her.”

”Så skulle vi af med koen?”

”Ja, det skulle vi!”

”Og så skulle vi bort herfra?”

”Det skulle vi vel også!”

”Jens, jeg tykkes, vi har haft det så rart her i mange, mange år!”

”Det har vi også, Sine!”

”Hvorhen så?”

”Ja vi må vel sidde til leje i Fjordby eller et andet sted, for det første!”

Der var stille en stund. Så fik hun travlt ude i køkkenet, og der blev ikke talt mere om sagen i nogen tid. Så en dag, han sad og grublede ved bordenden, kom hun hen til ham og spurgte, hvad der kunne ske, om de solgte huset?

"Der sker det" - udbrød han med ungdommelig iver - "at Jens Rods vindplov kommer på støberiet og kommer til at gå rundt med rigtige, store vinger ude på markerne for næsen af Fjordbyerne!"

"Lad os i Guds navn prøve det, Jens!"

"Ja, men kan du være glad ved det, Sine? Ellers så skal det - så bandede han - aldrig ske!"

"Jeg kan ikke være glad, uden vi gør det."

Han sprang op, vippede med brynene og sagde: "Nu skal det igennem, om det så skal knage!"

Dengang var Jens Rod 58 år gammel.

VI

I "Folkebladet" stod at læse, at der på finansloven var bevilget husmand Jens Rod Pedersen af Sandmosen 1000 kroner til udførelse af hans vindplov.

Fjordbyerne tørrede deres briller, de, der brugte sådanne, og læste om igen, og nyheden løb fra mund til mund, frem og tilbage og rundt; den vidste næsten ikke, i hvilken krog i det gamle, skikkelige Fjordby den måtte være.

Når Jens Rod nu så ind over sin fremtid, var det, som gryet vældede frem under mørke skyer, og den dejlige dag fødtes af dæmringen. Han havde så travlt, som om han var kommet for sent op, han ilede og jagede, og tankerne løb endnu raskere, langt frem, hvor der var en stor fabrik med forfærdelig store bygninger og sådan en masse store og små møllevinger, der alle løb rundt over tagene, og på denne fabrik lavedes ikke andet end "Jens Rods patenterede vindplov". Men til sidst løb selve tankerne rundt . . .

Der blev meget at foretage for ham i den følgende tid på støberiet og hos møllebyggeren. Han blev nødt til i mange stykker at bøje sig for den tekniske kyndighed, der blev stillet ham ved siden, uagtet han var vis på, at hans mening var den rette. Og for hver gang hans vilje og evne måtte give sig, var det, som hans ryg krummedes. Det gav vågne nætter og hvileløse tanker alt det, han fik at arbejde med, de vanskeligheder, han ikke havde tænkt sig, og de hensyn, han ikke forud havde kunnet tage.

Som vindploven skred fremad og blev prøvet, viste det sig, at den ikke nær så godt svarede til hensigten, som meningen havde været, og mere end en gang måtte den delvis ombygges,

Tvivlen, den grusomme tvivl om evnerne, krøgede den gamle mand og skar sine rynker i det stærke, karakteristiske ansigt.

Da vindploven dog i hvert fald var et sindrigt arbejde, blev den fremstillet ved den store Landmandsudstilling i Aalborg, hvor den kunne blive kendt og bedømt.

Tusinder af folk og fæ var samlede her fra vide egne. Det bølgede og vrimlede af levende væsener nede på den store plads mellem telte, tribuner, skur og træbygninger under vajende vimpler og flag. Som et hav brusede lyden fra alskens struber og instrumenter. Og oppe på en høj mark i en udkant af udstillingspladsen gik vindplovens vinger rundt.

Folk gik fra og til og så den arbejde. De syntes alle, det var en ganske mærkelig og godt opfundet maskine, men praktisk brugelig! - de rystede på hovederne. Jens Rod, der nu i grunden så gammel ud med grånet hår og skæg, styrede og tumlede med sin plov på bedste vis og gav på en stilfærdig måde enhver spørger svar.

En stund var der ingen folk hos ham, og han sad med albuerne på knæerne og så ned i den oprodede muld, mens tankerne stredes om, hvorvidt folk havde ret i deres dom.

"Tillader hr. professoren, at jeg tager hans verdensberømte opfindelse i øjesyn?" råbte en lystig stemme.

"Er det dig, Markus!" svarede Jens og så op med et tungt smil.

Markus så meget medtaget ud i sin lasede dragt. Han løb rundt om maskinen, følte på den, så den efter indvendig og lod blikket løbe op ad stativet.

"Nå, sådan ser den ud" - sagde han med et fornøjet ansigt. "Kør så lidt for mig, Jens!"

Han foretog en pløjning, mens Markus stod glad og så til.

"Det var da morsomt, du fik denne dævl i gang, Jens. - Jeg tænkte jo nok, du måtte være her i dag. Jeg har hørt dig omtale helt nede ved Århuskanten, og du har været i avisen og fået statsunderstøttelse! - Ja, Jens" - tilføjede han alvorligt – "du har da vundet sejr med dit!"

"Sejr! - Det er ikke sådan en sag at vinde sejr med noget, Markus, og en er næsten lige gammel nok til at tumle med disse her ting nu!"

Markus havde taget en flaske frem af lommen.

"Holdt, bi! lad os først få en af Sines mellemmadder!" sagde Jens, og af vindplovens indre halede han en "tejne" frem, som han åbnede og fremtog nogle meget tarvelig pålagte brødskiver.

"Ja, det er jo et gammelt ord, at brød til brændevin er bedre end hug til øl. - Tak!" - "Skål!"

Der var ikke så meget lystighed over Markus som ellers, og de rødrandede øjne gav jævnlig vand ned ad hans oppustede kinder - som ofte hos ældre folk, der nyder meget alkohol. Heller ikke Jens var så snaksalig, som når han tidligere var sammen med spillemanden.

Der kom nogle mænd op mod dem fra udstillingspladsen. "Det er ikke værd, jeg sidder her ved dig nu, når der kommer sådanne pæne folk!" sagde Markus, da han så dem, rejste sig og tog violinposen under armen.

"Kom hjem til mig om nogle dage. Jeg tror, du kunne have godt af at hvile ud og hæge dig lidt hos os, og du ved, at Sine har ikke noget imod, at du kommer.

"Tak. Jens! - Ja, du har en god kone!" svarede Markus og sjokkede hen over pløjningen. Jens Rod lukkede "tejnen" og gjorde sig færdig til at tage imod dem, der kom.

VII

Ingen spurgte mere efter vindploven, ingen talte om den, ingen tænkte mere på den. Jens Rod førte en tyst tilværelse i det afsides liggende mosehus, og om hans opfindelse blev der ganske stille, glemslen lukkede sig over ham og den, og tidens vande strømmede frem over hans hoved.

Der blev kun lavet den ene plov for statsunderstøttelsen.

Længe holdt han igen, men omsider nødtes han til at forstå, at hans livs stolte drøm havde opløst sig i en skuffelse.

Da dette imidlertid blev ham klart, rigtig skærende klart, så bristede det for ham. Det var, som livets foreteelser gled bort fra hans syn og sans, og langt, langt bort, hvor han ikke evnede at skelne lyd eller bevægelse; han selv stod svimlende tilbage midt i øde og tomhed, og gennem en dødsens stilhed sank og sank hans tanker som døde fugle.

Skuffelsens tåge drog sig sammen om ham og mørknede hans forstand. -

Han blev opsagt fra sit arbejde det ene sted og det andet sted. Han kunne nemlig falde i tanker midt under arbejdet og blive stående i timer uden at røre en hånd til noget, stå og stirre som efter noget kært, der var tabt og forsvundet.

Der kunne jo tales til ham, så han vågnede, men snart sank han igen hen i denne søvngænger-tilstand.

Så måtte Sine ud med krukken og posen den lange vej til byerne. Tungt og trælsomt var det for den gamle kvinde at gå ydmygelsens gang, men hellere det end bytte deres hjem med fattiggården. Til mosehuset knyttede der sig et langt livs mange minder, der kunne hun i fred for mængdens øjne pleje ham, for hvem hendes hjerte bankede så varmt som nogensinde, og der kunne hun i al fattigdommen og nøden med sin kærligheds varme mildne hans sidste mørke dage.

Det var smerteligt for hende at se, hvorledes han tabte mere og mere af den lyse forstand, hun før havde været så stolt over. Men han var så stille og god, og når hun strøg ham over håret, lyste det blinkvis i de matte øjne, og tårerne randt ned ad de magre kinder.

Det meste af tiden sad han i kakkelovnskrogen, mimrede med munden og stirrede ud for sig med sit døde, udslukte blik. Han blev en olding på kort tid.

Endelig ynkedes døden over ham.

SLID

I.

Ole hed en karl, der i tolv år havde tjent hos Povl Krænsen i Kanstrup. Han var svær af skikkelse, meget høj og ludede lidt, havde blondt kindskæg og blå, gode øjne.

Hans kæreste, Røde-Maren, havde de sidste fem år tjent på samme sted. Hun var meget fregnet, især om sommeren, og havde flammende rødt hår. Hun var en lille fastbygget en med kraftigt liv i de grå øjne, der under lyse vipper sad og tindrede i godt lune. Når hun lo, så man hele tandrækken, og hendes braknæse stræbte i vejret midt i det runde, fornøjede ansigt.

Det daglige samvær havde været så hyggeligt. Når han så hende skynde sig over gården med et par spande mælk til kalvene eller valle til grisene, så fornøjede det ham at lægge mærke til, hvor de tykke ben i klaprende træsko kunne rappe sig over den brolagte plads. Når hun tumlede bøtter og baljer, så de skramlede, skurede træet hvidt og jernbåndene skinnende blanke og satte dem til tørre på tremmebænken ved bryggersdøren, så blev han glad ved at se, hvor hun dog kunne nytte næverne. Hvor hun færdedes i opskørtet travlhed, frydede han sig over hendes kraftige, spændstige krop, der sprængte både knapper, maller og hægter; han smilte lykkelig og tog sig en frisk skrå - nota bene af Obels i Aalborg - for at gøre stemningen fuldkommen.

Sommerdagene henrandt mellem krydrende hø og friskduftende neg. Under leens skære klang og livsglad spøg gled arbejdet som en leg, og det muntre arbejdsliv i skjorteærmer på solvarme dage og skyndingen ved bjærgning af årets afgrøde bragte dem nærmere sammen.

Om vinteraftenerne, når hun skulle ud at malke, fulgte han hende med lygten og fik sine kys i staldgangen .... Når de trådte ind i den lune staldluft, rejste køerne sig, krummede ryg, drynede og vendte deres gumlende mu-ler om imod dem; hestene skrabede, rystede sig og raslede med grimskafterne. Han gik ind i loen, trak skodderne fra krybben og fodrede bæsterne, der pustede i hakkelsen og sparkede i bessingen. Så lukkede han igen og kom ind til Maren, hvor Mis listede sig varsomt frem, mjavede og strøg sig op ad hendes skørter. Han stillede sig med ryggen mod stænget, hænderne i lommen, tyggede på skråen, og så pratede de, mens de fine mælkestråler skummede i spanden, og hun flyttede sig fra ko til ko.

Og der var jo så meget at drøfte: Om de nogensinde skulle få deres egen stald, deres egne køer at malke og fodre, deres eget hus, deres eget hjem. - Hvorledes det skulle gå til, og hvordan alt så skulle være . . .

Det var ved en legestue for fem år siden, at trolovelsen havde fundet sted.

Længe havde han båret på en lønlig følelse, der ofte var ved at tage magten fra ham; men når de var ene sammen, var det ham ikke muligt at sige det, der netop skulle siges ved en sådan lejlighed.

Så var der som sagt legestue. Han dansede ikke meget, men hun fløj fra arm til arm og var så fornøjet. Det syntes han ilde om. - Det snørede sig sammen øverst i hans bryst til nogle kvælende fornemmelser, mens han stod i døråbningen og så på de dansende. I et hjørne skimtede han Jens Rod, der lod buen flyve over strengene, mens det faldende støv pudrede hår og skæg og lagde sig tykt i folderne på hans vest. Lyset i et par små lamper viftede, thi rundt i dansen susede de unge. I en tåge af støv og sveddampe så Ole dem fare rundt . . . der var hun igen, og som hun lo . . .

Tyk, sur, opvarmet luft strømmede ud af vinduer og døre, dampene fortættede sig til store drypper på loftet og drev i tunge tårer ned ad de grå karme.

Han stirrede endnu en stund ind i tågen og ærgrede sig. Nu dansede hun igen med Jens Prøjser, den avekat! - og så klemte han skråen.

Ole tyggede den aften en tiøres rulle af Obels og skyllede mere punch i sig, end han havde godt af.

Thi, hvordan det kom sig, sad han snart ved drikkebordet. Han lod sig falde ned i en krog, hvor han blev siddende ganske stille, meget bleg, stirrende, uden at forandre en mine, mens de andre støjede og larmede; - han bare drak, som det var hans livsopgave at tømme alle de bægere, der kom i hans nærhed.

Efter nogen tids forløb begyndte det at snurre i hovedet. Han syntes bordet løftede sig med alle glassene og dansede rundt, og han selv - det hele løb rundt. Det summede og larmede, men hvad det var, de enkelte lyde kunne han ikke opfatte. - Så rejste han sig og stod og mumlede noget om de satans kvindemennesker . . .

Da han kom udenfor, løb han mod bindestenen. ”Det var da også spedalsk!”

Idet han trådte til siden, var han lige ved at falde over en trillebør: ”Nej, nu tror a sgu..”

Mere fik han ikke sagt, for da han blev nødt til at gribe for sig, satte han hånden ind gennem en rude; og i bare forbavselse blev han stående stille som en mus.

Indenfor var der nogle piger, som skreg, og ud styrtede mange for at se.

”Hvem er det, der spøger?” spurgtes der.

”A kan fa'n fløjte mig ikke gøre for det. Det er så spedalsk i aften, og så er det så mørkt!”

”Hi! hi! hi!” - lo pigerne, der stod i klynge og trykkede sig op ad hinanden - ”Det er jo stjernelyst, Ole!”

"Stjern - he! - ja, det kan sgu gerne være, a har en stjern
- he! - Det er da også spedalsk!" -

Senere, da han sad på en kasse og svalede sig, lagdes
der en hånd på hans skulder.

"Ole," sagde hun. Det var Maren.

"Falsk som skum på vand!" svarede han med kold for-
agt.

"Men er det din mening, så vil a . . ."

Hun lo igen.

Så sagde han, idet han sprang op: "Bitte Maren! a hol-
der den onde tæske mig så møj o dæ!"

Således friede Ole.

II

Sommeren kom. Den dryssede lys over landet og ud
over havet, der bag klitterne rullede sine dønninger ind
mod stranden. Ingen skove lukkede for udsynet, og med
udbredte arme favnedes sommerens rige lys. Klitternes
hvidgule sand drak sig mæt deri. Marehalmens buske
badede sig deri, og ind over det lyngbrune land krøb
skyggerne i skjul under det lave krat og gemte sig i de
dybe hjulspor. Sommeren sang i lærkens toner, duftede
fra blomsternes bæger, blinkede på hvide sejl spredt over
havet, og så lå den midt på dagen og gnitrede i det åbne
landskab. Øjet frydedes, når det hist og her fandt en grøn
sig med en pyt vand, og blikket vederkvægedes ved at
hvile i havets blå farve.

Ude i sommeren, i klitlandet drog Ole langsomt sin fure.
Af denne ubrudte jord havde han købt mangfoldige tønder
land af sin husbond. Det kneb undertiden med at tage fuld
fure, for de mange tuer og små ujævnheders skyld, men
de kom da til at ligge der, den ene ved siden af den anden;

- gennem tung jord og filtrede rødder skar hans blanke plov.

Det var en stor stund for ham. da han første gang spændte jernet i jorden her. Han følte sig så højtidelig stemt, trængte ligesom til andagt, indvielse, velsignelse. . .. Han så ud over sin vide ejendomsstrækning, hvor aldrig før et redskab havde prøvet på at bryde ny jord; - så tænkte han på sit studepar og sine arme. Han anede i et øjeblik, hvad som forestod for mange år, for hele hans liv. Og det var derfor han syntes, det var så hellig en time.

Så sagde han, ligesom når han holdt uden for husbondens dør med hele familien og skulle til Lendum Marked: "I Guds navn!" - Og så drev han på studene.

Lyset dirrede. Lærken sang, seletøjet knirkede, rødderne rykkedes træge op af jorden og sprang for jernet. Ole drev ganske langsomt frem over fladen med sin egen plov i sin egen grund.

Hvor ville han ønske, at Maren havde stået der henne ved jordhuset og set ham pløje og virke med deres egen drivkraft. Men i år kunne det ikke blive. - Måske han til næste år kunne få bygget så meget, at der kunne fås rum til en stue; og ved den tid kunne der måske også holdes en ko ... . "Nå, du bitte brogede! - Vil den grå trække dig i hamlen? Lad dig ikke gå på, bitte... ikke gå på! - Nå, st! st! - for så kommer vi skam ingen steder. - Nå, st! st! -" Ja til næste år måtte det blive.

Medens trækdyrene bedede, brugte han sin spade. Der var tørv, som skulle graves til at bygge videre på jordhuset, der var inddigning at besørge, grøfter at kaste, brinker at jævne, huller at fylde, og lyng var der også at slå imellem til en skilling.

Når han havde gået efter studene en tid, faldt spaden så dejligt i hånden, og han slyngede stik på stik udover, som det var en fryd at tumle med den jord og rigtig danne den efter ens vilje.

Det var, som han med sin spade ville grave sig lykken til, og virkelig tyktes han at mærke, at han blev gladere for hvert kast, som rullede, hver fure, der lå, at hans hjerte slog friere og stoltere, at han rykkede nærmere mod det, han glædedes ved.

Han troede nok, han skulle bryde frem til at blive sin egen mand, der kunne bære sit hoved lige så højt som nogen gårdmand i Kanstrup og sætte sin hat, som han ville, tage den af, når han syntes, og lade den sidde, om han tyktes således, …. så tog han en umådelig spadefuld og kylede så langt, så langt, idet han trak på smilebåndet.

Var dagsværket endt, stillede han sig uden for hytten i aftensvalen med hænderne i lommen og tyggede på skråen. Han mærkede hvilen som en behagelig strøm gennem sin sunde krop. Hans øje fulgte furerne, som øgedes, og grøfterne og digerne, som stedse blev længere. Han syntes, det groede for ham. Da blev hans blik mildt og fugtigt.

Aftenens lette skygger listede sig frem og gjorde omridsene bløde. Ingen hund gøede i nærheden, ingen støj fra noget nabolag. Ensomhed. Havet durrede dæmpet i stranden, en vibe skreg, en hjejle fløjtede. - Mod øst drog et bakkedrag sig ud mod havet. Yderst oppe stod et sømærke som et mægtigt sort X mod ren, blå himmelgrund, og længere inde skimtedes de hvidkalkede mure af Povl Krænsens gård. Han så derop og smilte.

Han dvælede endnu en tid, for det var som en gudstjeneste at stå her og føle sig så ydmyg og lille midt i det store og mægtige, der ligesom bar ham.

Han så, hvorledes natten kom, den blide, kølige sommernat, og viskede grænserne ud, så kun det endeløse himmeldyb blev tilbage. - Så gik han ind og borede sig ned i en bunke hø, der i et hjørne af jordhytten udgjorde hans natteleje.

III

En sommerdag besøgte Maren ham herude. Struttende af livskraft, glad og smilende kom hun til ham i en ny hvergarnskjole og nystrøget forklæde med friske folder.

Han trykkede hende lykkelig til sit brede bryst, og så gik de hånd i hånd rundt og så på herlighederne. Han udviklede så mange planer og talte så længe, at hun gav sig til at skoggerle: "Men det er da forfærdeligt, som du er bleven til at snakke!"

Han smålo og svarede: "Ja, der er så længe imellem, jeg får talt ud; for ser du, studene kan jeg jo nok snakke lidt med, men de forstår mig jo ikke, og - æ – se, så har jeg i grunden haft det som Adam i paradiset!"

De lo igen. Solen lo, og lærken sang, og livsmod lyste i de to glade menneskers øjne.

En vinter havde raset ud over egnen. Stormen havde fejet sneen sammen i store dynger og driver, så man knapt kunne komme fra by til by. Den havde skreget ind ad enhver lille revne og sprække, gjort småfolk rædde og tæret deres dyre tørv. Strandfogdens småbunker af ilanddrevet tømmer blev borte om natten, og ikke en pind var at se langs kysten. Havet var islagt mod land, fiskerne bankede de valne hænder og stirrede udefter, når isen dog ville brydes. - Da flyttede Ole op til Povl Krænsens med sine stude.

Da sommeren kom, blev de gift. Og Ole var glad ved, at det var overstået, for det havde haft sine bryderier.

Han havde stået foran alteret i den store, tomme kirke og følt sig helt fremmed i sin ny vadmelsdragt, der ikke ville danne sig efter kroppen. Så kom han til at se på præstens støvler, der havde en lap over snuden, hvilket bragte ham i tanker om Laurids skomager, der havde været i Klitgaard at sy på seletøj den dag, han købte den gråbrogede ko, - ret et dejligt avlsdyr! ...

Sådan løb tankerne på egen hånd. Han vidste jo godt, det var ugudeligt, men jo mere han søgte at holde dem sammen om det vigtige, som foregik, des vildere fløj de til alle verdens hjørner, og præstens ord lød som en fjern, mumlende strøm. - Det var ved at pine sveden ud.

".… om du vil have hende, som hos dig står?" -

Præsten måtte gentage: "Vil du have hende …;" så for Ole op og sagde i en flyvende fart: "Jo, jo, det byder sig selv!"

Præsten smilte og fortsatte, Ole rødmede, kløede sig bag øret og skottede til Maren, der ligefrem blussede.

"Det var da også spedalsk!" tænkte han.

Men, som sagt, nu var det ovre, og han havde hende hos sig. Hun hjalp ham trolig med arbejdet, der gik med liv og lyst, kortede ham tiden med spøg og munterhed og krydrede ham dagen, der svandt som et pust.

Men så kom der en tid, da Maren blev stille, hendes livslyst dæmpedes, og Ole fandt anledning til at granske over en mulig ny udgiftspost, som måske med tiden kunne blive brydsom nok og true hans livs mål. Naturligvis, han havde ikke noget imod, at ... men det koster minsæl.

Men da de spæde skrig lød i hans stue, blev Ole som vild af glæde. Han kunne forlade sit arbejde og næsten løbe ind for at tage det lille væsen på sine store arme og hoppe og danse og gøre kunster, så Maren måtte le, til hun fik tårer i øjnene. Stundom kunne han næsten brøle af rasende lykke og tumle så dristigt med den lille, at hun af frygt for, at der skulle hænde noget galt, smilende måtte lægge sig imellem.

Ved hvert barn, som kom efter, var han lykkelig, og dog - på den anden side øgedes hans ængstelse; den rejste sig lag på lag, når han gik i enrum med sine udregninger, til en høj mur, der hindrede de lyse udsyn.

Hans stolte drøm var nemlig at blive selvejer; således at forstå, at han ikke skyldte så meget som en tynd toskilling hverken på gård eller grund, thi først så syntes han at være sin egen mand for alvor. Han var født i fattighuset og havde i sin tid gået med posen. Derfor var hans livs stolthed og ære at bryde gennem de hindrende lag, til han nåede en uafhængig stilling. Han talte aldrig derom, hentydede aldrig dertil, men aldrig gik der en dag, sjældent en time, uden at dette mål vinkede til ham med sin fortryllelse. Han foretog ikke et skridt, fattede ikke en beslutning, inden han først søgte at klare, om det ville hæmme eller fremme hans plan. Han tænkte på denne, når han sov ind; når han vedblev at bøde sine hullede træsko gang efter gang, og når han tørrede sine gamle skråer for at blande dem i frisk tobak. Uden at nogen havde en anelse derom, var det denne tanke, der ragede frem i hans bevidsthed, og hvorom alt andet samlede sig.

Kunne han føre et bevis for, at han og Maren - en fordrukken kvindes uægte barn - var fuldt så dygtige og lige så agtværdige som selv de mest ansete i sognet - ringere ville han nødig nøjes med - så var hans mål nået. Han ville sætte livet ind på at føre dette bevis, og derved gøre det så grundigt, at når dagen kom, sejrens dag, da måtte alle tvinges til at godkende det.

Men hvis det skulle glippe, hvis sygdom og uheld, hvis Marens mor, der rendte i landet med en blikkenslager, væltede ind over ham; hvis børnene skulle komme en efter anden, udgift efter udgift ....

Det var sådanne tanker, der kæmpede i hans bryst, når han gik ved sin daglige dont.

Men Ole lagde sig i selen med sine kæmpekræfter og udrettede næsten overmenneskelige ting. Han kaldtes almindeligvis blandt folk for Ole Slider.

Børneflokken øgedes, kreaturbesætningen tiltog, og de grønne agre bredte sig videre og videre i det mørke klitland.

Imidlertid rejste der sig en mærkelig bygning under Oles egne hænder. Økse, sav og murske vænnede han sig til at bruge i sin fritid, og af de emner, han havde ved hånden, byggede han til sit hus, en fløj hist og en udbygning her, så det efterhånden blev til en hel gård med mange vinkler og kroge.

Efterårsstorme sendte ham bjælker fra Pommern, bord fra Finland og skibsvrag fra alle nationer, limsten savede han ud i Tirup Klev, der ikke lå så langt borte; sandtørv og lyng havde han altid til sin rådighed.

Men man skulle også tro, at hans gård ved en forvirring havde klumpet sig sammen af de forskelligste huse mange vegne fra, så aldeles uden harmoni og stil var den.

Tæt på den østlige side i læ af en klitrække lå den. Når det blæste, indhylledes gården i en tåge af flyvende sand. Det føg i vejret, hvirvledes rundt og lagde sig til hvile i dynger og småhobe i de mange kroge mellem husene. Det fyldte øjne og ører, når man kom udenfor, piskede på ruderne og smøg sig ind i stuen ved de utætte vinduer.

År efter år tilsåede Maren sine bede og plantede blomster; år efter år udslettede også sandflugten hendes spor. Så rejste Ole om haven en vældig jordvold med et gærde i kronen af enebærris, der nåede i højde med tagskægget. Malurten, der stod i buske langs muren, klarede sig godt, balsam og ambra stod grøn, men hendes asters og reseda krøb undselige ned i sandet, og de høje georginer hang sørgmodige med hovedet ved siden af en bikube.

Uden om gården strakte sig de snorlige agre. På lave strå vippede små aks med faste, sunde kærner; og når Ole lod blikket strejfe ad de lange agre over det vuggende korn, så forsvandt de tynde steder. Hans græsmark blev røde af syrer (planteart) med brunskedede padderokker imellem, men køerne fandt det fine, nærende klitgræs på bunden og trivedes derved. Der var mange, mange agre med korn og græs; lysere og mørkere i regelmæssige felter lå de, omsluttede af brun hede og grå klitter. Ungkvæg, får og gæs flokkede sig på hans jord. Her var det kongerige, hans virksomhed havde skabt; og hvert år gjorde han nye erobringer fra det lynggroede land.

Når agrenes velsignelse var sanket i lade, da var det en fryd for Ole at røgte og pleje sine kreaturer, at feje og rengøre stalden, at brede frisk strøelse under dem, at børste og pudse dem, og de muslende, gumlende, gnaskende lyde af de mange tyggende dyr kunne ret bringe ham i godt lune. Ethvert brugeligt strå, der var tabt, tog han op som et bidrag til livets lykke, og han fandt det opbyggeligt at bære til krybberne og se de mange liv trives og vokse dag for dag. Han omgikkes sine dyr som gode venner, pratede og underholdt sig med dem, klappede og kælede for dem. De befandt sig vel under hans omhu, og når de gnubbede sig op ad ham og snusede til ham med deres savlende muler, så opfattede han det som en venlig tilnærmelse. Stalden med den lunkne ammoniakluft var ham et kært opholdssted.

Men troner kunne omstyrtes, og riger gå til grunde, uden at Ole anede det, thi der førte ingen tråde ud til ham, ad hvilke verdensbegivenhederne kunne forplantes. Han hørte nok tale om rigsdagsvalg og andelsvæsen, men de nymodens røster, der summede i luften, skyede han uvilkårlig som farlige for hans snævre livsmål.

Det kunne træffe, at nogle tørstige turister i sommertiden kom indenfor, ellers så de næsten aldrig fremmede, og sjældent kom Ole til landsbyen. Dog var der en tid, da det skete i det mindste én gang om året, når jordemoderen skulle hentes. Om vinteren trak han hende på en kælke, om sommeren kastede han træskoene og løb til Klitgaard efter vogn.

I kirken kom han kun, når nødvendigheden krævede det, f.eks. ved barnedåb. Og når han i sådan anledning måtte ind til præsten, var det noget af det, han mindst af alt satte pris på.

Præsten tog ved en sådan lejlighed sin lange pibe af munden, kiggede over brillerne, så stift på ham og sagde i en mild, bebrejdende tone: "Det er så sjældent, jeg ser Dem i Guds hus, Ole!"

"Ja - jow!" svarede Ole og så sig forlegen om efter et sted, hvor han kunne spytte.

"De har vel ikke glemt, at der kun er ét, der er fornødent?"

"Nej - jow, - det er så møj vis!"

Ole ville gerne indrømme hvad som helst, når bare forhøret ikke måtte blive for langt.

Én gang om året indtraf den store begivenhed, der fik sindet til at svinge om sit hvilepunkt. Det var Lendum Marked.

Når de nærmede sig markedspladsen, så de lange, hvide teltrækker med vajende flag, hørte køernes brølen, lirekasser, horn og trommer og al den øvrige larm og spektakel, så hoppede hjertet af forventning. Hvert år drev de dagen hen, til de blev trætte; men hvert år stod dog atter denne dag i glans for dem og vinkede med sin brogede vrimmel af usædvanlige fremtoninger.

Havde Ole fuldført sit prang, søgte han Maren og børnene. Disse gik med en kringle i den ene hånd og en trompet eller mundharpe i den anden, og så gnavede de vekselvis af kringlen og tudede i hornet og spurgte og spurgte i det uendelige med munden fuld af mad og krummer i mundvigene.

Ned langs grøntsælgernes borde, bagernes boder og håndværkernes udsalg, op langs beværtningsteltene, forbi

gyngen og gøglerne, som særlig tiltrak dem ved deres
fagter og grimasser; gennem et mylder af mennesker,
kendte og ukendte; der var nok at se. Ned og op, frem og
tilbage dagen lang.

V

Den 1. juni oprandt med smukt vejr. Den dag var det 25
år siden, Ole Slider havde taget fat på sin opdyrkning.
Gælden var betalt, han var selvejer, målet var nået.

Solen skinnede på hans bygninger, der var som fornye-
de. Murene lyste i hvidkalket friskhed, vinduer og døre
smilte i lyseblåt, bindingsværksstolper og portene glinse-
de af kultjære.

Over døren til materialhuset, over havelågen og flere
steder prangede ilanddrevne navnebrætter med forskellige
indskrifter: ”Søløven af Arendal”, ”Ora & Labora von
Stettin” osv. Inde i haven stod en hvidmalet galionsfigur,
forestillende Afrodite, der fødes af havets skum.

De havde begge i mange dage vasket, kalket og malet,
for at alt rigtig kunne stråle på denne dag, sejrens dag,
jubilæumsdagen.

Han var i marken. Stift og tungt førte han sit store for-
slidte legeme, der ludede mere end før; han ømmede sig i
den ene hofte.

Det var, som om han i den sidste tid havde tabt nogen
lyst, som om ingenting rigtig ville flyde for ham, tankerne
løb bare rundt og kom ingen vegne, og han vidste for re-
sten heller ikke, hvad han videre skulle granske ud. Der
var ikke mere, han ville opdyrke, husene var tilfredsstil-
lende, besætningen efter hans hoved, gælden betalt. Og
det var alt sammen meget godt, men velfornøjet var han
ikke.

43

Men det måtte da komme, det, han havde ventet på. Der måtte åbne sig en port til noget herligt, som han hidtil havde været udelukket fra.

Han ventede det.

Og i dag måtte det komme. Agrene måtte se prægtigere ud, fuglene synge lifligere, solen stråle stærkere end sædvanlig, - men det var slet ikke tilfældet. Øjet blev hurtig mæt af overskuet, og han følte sig endog noget dvask . . . Det kunne måske også have sin grund i, at han vist ikke var rigtig rask. Den værk! eller hvad det var for noget, der tumlede i hans krop og kun undte ham en karrig tilmålt nattehvile . . .

Nå, men i dag skulle der være fest. Han ville køre op til landsbyen i sin ny vogn. Det skulle blive morsomt at køre gennem byen med det stærke spand. Mage til stude var der ikke i ti miles omkreds, nej det var der sgu ikke - med sit stærke spand, ja, og en velfyldt pengepung i bukselommen, - tænkte han og smilte. - Som en gældfri mand gennem sin fødeby, hvor de svære gårdmænd stak i lån til halsen, kreditforening og veksler, alt det nymodens væsen ... Jo, de skulle ligegodt få ham at se i hans flunkende ny vogn, og de ville nok kigge efter ham, ham, Jens Drejers dreng, der havde tigget i de fleste gårde, - jo, det var ham ... ja, minsandten var det så, det var ham . . . tænkte han og rejste sin krumme ryg . . .

Noget efter var Ole i fuld vadmelspuds og på vejen til landsbyen.

Skomager Andersen sang som sædvanligt for det åbne vindue, partikulier Villumsen sad på havebænken uden for huset og klappede og kælede for sin store fede hund, postmesteren øvede sig i jagtens ædle idræt ved med en stuebøsse at skyde spurve i sin have, - men der var ingen, der ænsede Ole, ingen, der anede, at det i dag var en stor dag for ham.

Gårdejer Kr. Jørgensen kom rask ud fra brugsforeningen med noget papir i hånden: "Vil du have en aktie i forsamlingshuset, Ole?" spurgte han og svingede med papiret.

"Turrr! - En aktie?" spurgte Ole forundret.

"Ja!"

"I for-sam-lings-huset?"

"Javel!"

Ole fik travlt med tømmen, der var kommet under halen på den frahånds stud. Da han atter vendte sig til Kr. Jørgensen, forsvandt den travle gårdejer ind gennem bager Jensens dør, hvis klokke ringede.

"St! st! - En aktie i forsamlingshuset!" tænkte Ole og vendte skråen.

I købmandsboden fik han sin dram og sin skrå, som han plejede; de mange, der stod og drev ved disken, pratede og disputerede om, hvor forsamlingshuset burde ligge, - men der var ingen, der tog noget hensyn til Ole, aldeles ingen.

Med langsomhed ragede han om blandt sine kroner og betalte, hvad han var skyldig, og så måtte han nok se at komme ad klitten til.

Sindig skred køretøjet frem ad den dårlige vej.

Ole var skuffet.

Det lod ikke til, at hans slid og møje i fem og tyve år havde bragt det, han egentlig havde ventet. Han følte sig træt, så sær og sælsom tilpas, så tom og næsten forknyt. Der var noget, han savnede, uden at han ret kunne sige, hvad det var. Aldrig før havde han mærket det som i den sidste tid, og derfor tyktes han, at han aldrig havde været så fattig som nu, nu han var selvejer . . .

Han måtte hjem til Maren, og - det er skam sandt! det kunne hænde, at den grå kvie kunne kælve i dag. Nå! st! st!

Hele tiden gennede han på studene, trak svøben i vejret til slag, men det blev ikke til mere, han nænnede ikke at slå dyrene, men svøben løftede han uafbrudt, så han var let at kende selv på lang afstand, når han kom kørende.

Det var jo en hel lille gård, hans gård, som lå der med sine marker omkring; - og for 25 år siden! - Ja, det var det samme, her var ligegodt ikke lavet så lidt af ingenting, for der var da ingenting, da han kom her ud, andet end den bare jord . . . Men dengang! Han var meget friskere i sindet, sådan mere - mere oplagt end som nu . . . Mon det var alderen, som gjorde det? Ja vel, det var jo alderen. Dengang havde en ungdommen; og se da var en nem og skævt og smidig og rask til hvad som helst, og - æ - sind og humør og det hele var nyt og ubrugt ... Ja, den ungdom! Nu var han - æ - ja, ungdommen den var da væk! . . Men sikkert var der taget nogle hårde tag i disse 25 år, og havde han ikke haft Maren, ja se så var det såmænd groet sammen for ham, ja, det var så pinnede slet ingenting blevet til, havde han ikke haft Maren. Nå! st! st! . . .

Nu havde han købt et helt pund kaffebønner til hende. De plejede jo rigtignok kun at få et pund til hver højtid, men - tho - han syntes jo, der var råd til det nu, og se så var det jo også som en slags helligdag i dag, og Maren holdt så grumme meget af kaffe, hvorfor skulle hun så ikke også have den fornøjelse. Han havde også noget bomuldstøj til omhæng for sengene, som hun så tit havde ønsket sig, og lidt andet pilleri havde han også. Nå, hvor hun ville blive glad. St! st!

Da han kom nærmere hjemefter, så han, at klitbakkerne mod vest stod i en truende nærhed af hans mark. Han havde jo nok lagt mærke til, at de flyttede sig år for år mod øst, men at der virkelig kunne være fare for, at de ligefrem skulle spadsere over hans agre, det havde han dog ikke tænkt sig.

Men det var ikke umuligt; han måtte nok se sig vel for.

Denne opdagelse gjorde ham dog ikke modfalden, tværtimod viste der sig et energisk blink i de gode, blå

øjne, - der var da noget at slås med. Så vendte han skråen og spyttede. Der måtte vel være råd for det også, og han kunne dog egentlig nok have lyst til at tage et tag endnu . .
.

Maren kom ud og tog imod ham med et fornøjet ansigt. Hun var næsten tandløs, mager og fladbrystet, men hendes hår var lige rødt endnu, og noget af den gamle munterhed sad i øjet.

Pakkerne kom ind, og herlighederne bredt ud på bordet, mens Ole ledsagede udpakningen med tilbørlige forklaringer og en bemærkning om, at i dag måtte der nok en kop til; hvedebrød var der i kurven.

Hun tog ham om halsen og takkede ham for gaverne.

"A tyktes jo endelig, vi har råd til det nu!" sagde Ole smilende og klappede hende på ryggen.

Festdagen var til ende. Det daglige stræb tog dem igen i sit rolige strømleje. Tiden gled med trælsomt slid og en brydsom kamp med en arm natur. Efter en menneskealders møjsommelighed sank de ned i de dødes rige.

Deres børn tog deres arv.

Deres ben hviler et sted på en øde kirkegård, hvor flyvesandet topper sig i tuer. Fra havet bruser en koral til vestenvindens gravsang.

FÆSTNING

Mellem Limfjorden og Skagerrak ligger Hanherred. Fra den lave, venlige fjordkyst stiger landet mod nord, bakkebølgerne bliver større, gravhøje er strøet ud over lyngklædte åserygge, og landskabet bliver af et strengere, mere alvorligt udseende, indtil det ud mod havet former sig til en overraskende vild bjergdannelse med rislende væld i dalbundene.

Et sted i dette landskab ligger en hytte omgivet af hede, en lav og ussel rønne, få alen i firkant og dog med høje volde og dybe grave rundt om og med en overgang der, hvor en vindebro burde have været.

Bag disse volde og grave bor en gammel, enlig kvinde.

Om sommeren kan hendes hytte se hel hyggelig ud: mægtige husløg på det lave, mosklædte tag, et grønt kartoffelstykke, en gul rugager og uden om det hele en mørkebrun ramme af bølgende hede. Småfugle har bygget rede under tagbrynet og kvidrer deres glade sange for hende i den friske sommermorgen, når hun ved solens frembrud aflåser sin dør, stikker nøglen ind i tagskægget for derpå at begive sig ud over heden, med sin lyng-le over de stærke skuldre, med langsomme, store, faste skridt.

Men om vinteren, når egnen svøber sig i sneens fine dun, ser hytten ud som en kartoffelkule med en skorsten på, og da må hun ofte grave sig ud gennem et tykt lag af sne; der har samlet sig inden for volden og tildækket hendes eneste vindue.

Alligevel må hun tit vade frem til naboer, til byerne efter hø til sine to får, for hendes lille hus kan kun rumme foder til to uger ad gangen. Sneen har fyldt rummene mellem lyngens ris og rafter med sit løse drys, hvorigennem hendes store fødder synker, mens sneen vælter ned om hendes magentablå sokker, og de trævlede skørter slasker om hendes kraftige ben.

Men med sin tykke stok i hånden og sit høknippe på ryggen går hun støt frem med sit rolig-bestemte, jævntveltilfredse udtryk. Svup! - sjap! -sjup! -

Lidt længere mod nord taber heden sig i en bebygget lavning, der med en spids løber op i bakkerne; med sin brede ende vider den sig ud i slettelandet mod øst. Vandet fra højlandet samler sig til en mølleå; frisk og sval flyder den gennem dalens bund, der om sommeren klæder sig i et yndigt blomsterskrud: saftigt, grønt græs med kabbelejens store, gule hoveder, gåseurtens lyse småsole og trævlekronernes rosenrøde flige tittende bag græssets frodige blade. Et stykke borte ser man en sivkranset mølledam, hvorpå der gynger en båd med et par småfyre, der larmer eller hælder sig tavse ud over rælingen. Bagved går et slimet mosgroet møllehjul rundt, og vandets fald bruser mellem tremmerne. Hinsides møllen har man et langt udsyn til huse, gårde og byer.

Men Birte Vibe passer ikke i en idyl; derfor har hun slået sig til ro på den med hendes natur mere overensstemmende hede. Fra sit lille vindue kan hun ikke se et eneste hus, kun lyng, - lyng og himmel. Det eneste kulturens vidnesbyrd, hun har for øje, er telegrafstængerne langs med den kgl. landevej, der i syd skærer sig gennem den bølgende lyngflade - kulturens snorlige streg tværs over naturens bløde linjer.

Hendes hytte er hendes fæstning, hvortil der ikke fås adgang uden særlig gunst og nåde. Det er kun få mennesker, der har været inden for hendes mure, flere har forgæves prøvet at komme der. Og det er en fæstning, der har modstået et reglementeret angreb så godt som nogen anden.

Det var dengang generalstabens folk strejfede her omkring på opmåling. En sergent havde ofte grundet på denne mærkelige boligs indre og besluttet at gennemtrænge det løndomsfulde spørgsmål, hvordan det vel så ud. En dag besluttede han, at angrebet skulle udføres.

Birte Vibe stod ude.

"G'da, gamle mutter!" udbrød han flot henkastende, idet han med lillefingeren strøg asken af cigaren.

Han ville lige træde ind ad åbningen i volden, men Birthe stod da allerede med hånden på hans bryst.

"Her har ingen ærind'!"

Han studsede.

"Hva'! Det kan da'nte gøre noget, at . . . ."

Men det var lige meget, enten han bad eller bandede.

"Men kæreste bitte Di!" - Sergenten lagde kærtegnende sin behandskede hånd på hendes skulder; men hun skubbede den væk.

Hun ville råde her; - det var hendes endnu, - hendes hus, - hendes hjem; - hvem der så kom; - og så længe osv.

Stor og bred stod hun for indgangen med sit vejrbrune og rynkede, rolig-bestemte ansigt, iført rød bindetrøje, store sværtede skovbotræsko og med en tyk stok i sin knoklede hånd.

Angrebet var afslået, og fjenden tiltrådte nølende tilbagetoget; jævnlig så han sig tilbage, ofte standsende med højst forbavsende miner.

"Det var dog pokker til kvindemenneske! Hm!" Han strøg asken af med højrehånds lillefinger.

"Ja, så! Hm!"

Han var så heldig at komme i kast med en forhenværende folketingsmand der på egnen og slutte et angrebsforbund med ham mod det "grinagtige fruentimmer". Men hverken militæret, statskløgten, ej heller møntens melodiske klang evnede at bryde igennem.

Det var en stærk fæstning.

Birte Vibe havde smilet efter det vellykkede forsvar. Et stille smil i det stærke ansigt - som kraftigt sollys ind over hedens storlinjede alvor; hun var så glad, rigtig sjæleglad over, at hun havde et hjem at råde i.

Den hytte var hendes dyre eje, og den havde også på en måde været midtpunktet i hendes livs kamp.

Hun kom til verden i det samme sogn, hvori hun nu bor, det år, englænderne tog vor flåde. Samfundet er omdannet siden, men Birte Vibe er ikke påvirket af kulturens strømninger. Bølgeslaget fra åndens dybder og folkelivets rørelser har ikke nået hendes volde. Måske har hun stundom hørt fjerne døn af nytidens gang, men hun tilhører en urdannelse, et stykke oprindelig, kraftig og uberørt natur. Hendes hytte står som en enlig ø tilbage af en tid, som er sunket og forsvundet.

Alligevel har hendes liv drejet sig om en ide: en uafhængig, selvstændig tilværelse uden offentlig hjælp.

Allerede i hendes barndom kom spørgsmålet om brød med alvor til hendes bevidsthed. Det faldt som en skygge over hendes barnedage, at hun måtte tage så hårdt i med for føden, der, endda knap tilmålt, bestod af salt, brød, kartofler og sennep. I kolde efterårsdage hjalp hun moderen at grave kartofler op for fremmede. Op ad dagen gik moderen ind i en eller anden gård og bad om lidt at drikke, for så fik hun en mellemmad, som hun altid gemte til sin lille datter, hendes egen lille pige, der frøs på marken i det fugtige vejr. Moderen lagde sig på knæerne, tørrede hende med vrangsiden af sit skørt, trykkede hende tæt til sig, kyssede hende og smilte. Og den lille slugte den dejlige mellemmad med lækker rullepølse på - å, hvor det smagte!

Om vinteraftenerne kartede hun, så hænderne sank i skødet af træthed; imens spandt moderen, og faderen snoede "simer"(bånd). Det sparsomme lys kom fra en tælleprås eller også fra marven af siv, der svømmede i tran på en underkop. I dette tusmørke fortalte forældrene sagn og eventyr, og de fantastiske skikkelser tyktes hende ganske nær. Der var uhyggeligt stille efter hver historie, - karterne kradsede, rokken snurrede, og manden spyttede i hænderne for at fugte halmen, - men der kom snart en ny historie; eller de snakkede om, hvad de oplevede på hovmarken.

I de lange sommerdage vogtede hun kvæg i de grønne dale og på brune banker, hvorfra hun kunne se mange mil til alle sider. Hedelærken sang, og havet brummede. I stærke pålandsstorme så hun ikke sjældent skibe strande i Jammerbugten.

Hun skrev med en pind i skolebænkens sand, lærte Balles Lærebog og blev konfirmeret.

Årene og arbejdet gik for hende som en leg, for hun svulmede af arbejdskraft, og livsmodet strømmede rask gennem hendes sind.

Da var det, der kom et sælsomt, lykkeligt afsnit i hendes liv. Hun mødte en stilfærdig, bleg, lysøjet karl, og de blev enige om at ville høre sammen - altid. I sommernattens løndomsfulde stilhed mødtes de mellem engens høstakke eller hedens sorte høje, og de hviskede hinanden elskovsord i øret. De digtede sig ind i en fremtid med kraftige farver, med ægteskabets og hjemmelivets hele frydefulde herlighed. Men Niels blev mere bleg og hulbrystet: han spyttede blod og magredes. Når hun hørte hans trangbrystede åndedrag, tænkte hun, hvor hun skulle tage tag for ham, når hans kræfter glippede. Hun følte sig så stærk som to; og så strøg hun hans bløde hår og tog hans tynde hånd i sin og var så lykkelig.

Så døde Niels.

Det er mange år siden, og der, hvor hans grav var, er nu en andens. Men så længe dens grønne tue var at øjne, vidste Birte at finde den i stille timer. Og hvor ville hun ikke gerne have plantet og prydet den, men ingen måtte dengang vide, hvad de to havde haft sammen - ingen.

Fra den stund blev Birte Vibe tavs og indesluttet. Hun passede sine ting, men talte ikke meget. Over hendes åsyn lagde sig en kold ro med et tungsindigt skær. Ved enkelte lejligheder kunne der lyse et blink af lune i hendes trofaste øjne, og et smil kunne pippe frem ved mundvigene; men sædvanlig var hendes udtryk, som havde hun sluppet de håb og ønsker, der afspejler sig i et livfuldt spil af miner og blikke, - som om intet havde synderlig interesse for hende, men også som om intet kunne bringe dette ansigt ud af ligevægtens ro. Og dog var det ikke ligegyldigt.

Sværlemmet, som hun var, tjente hun sig frem ved karls- og kvindearbejde, som det kunne falde, for otte rigsdaler om året. Men det afhængige tyendeforhold tiltalte hende ikke. - Hun længtes efter i ensomhed at leve sit liv efter sin egen lov.

Så klinede hun sig en rønne op af tørv, brokker og kampesten ude på heden og nærede sig i syv år ved at slå lyng til otte skilling læsset.

For tre og fyrretyve år siden flyttede hun til sin nuværende hytte. Den gamle kunne nemlig ikke længere afstives, og som hun gik og brød ned på den, ramlede murværket ned og begravede hende næsten. - Konen, hun havde til hjælp, kom løbende: "Du har vel ikke slået dig ihjel, Birte?"

"Nej, men det er værre det, for jeg er slået fordærvet. Kan du nu få mig gravet ud?"

Hun fik dengang en skade i siden, som hver dag volder hende smerte.

"Hvad sagde doktoren?" spurgte jeg hende siden.

"Doktoren?" svarede hun forundret, men smilte så over et så idiotisk spørgsmål.

"Hvornår fik De så huset færdigt?"

"Ja, da hun nu havde fået mig bjærget, så byggede vi videre, for når en har fremmede i arbejde, skal en jo nytte tiden."

Og nu tænker hun også, at huset kan stå, så længe hun lever. Det er rigtignok ikke længe siden, hun vågnede en vinternat med en lille snedrive på brystet, - muren var nedblæst i den stærke nordøstenstorm; men den er opført i en ny og bedre skikkelse.

Brødet har hun jo fået, om det også somme tider har været karrigt, og der er ingenting, hun har så stor ærbødighed for. Derfor skærer hun aldrig af et brød, uden at hun først med kniven slår et kors over det, og hver eneste bitte krumme samles omhyggelig op; intet spildes i denne nøjsomhedens bolig. Det var også derfor, hun kom i lag med at meje: for da forpagteren på Lerupgaard umulig kunne opdrive en høstmand, og blæsten truede det modne korn, så var det, hun sagde: "Lad mig prøve jernet!" Siden den tid har hun ofte svunget leen som den stovteste karl.

Naturligvis kunne hun godt for kræfternes skyld, dem har hun haft i rigeligt mål. Da forvalteren på Frydendal en dag dumpede ned til hende og viste sig nærgående, bad hun ham først i en ingenlunde høflig tone om at fjerne sig; men da denne anmodning ikke syntes at frugte, tog hun stiltiende den lille springfyr og lempede ham ud over volden, ved hvilken lejlighed der var dem, der mente, at der gik et par ribben i løbet.

"Mens jeg havde drengen," sagde hun engang til mig, "kneb det dog svært somme tider. Han skulle jo have ordentlig mellemmad med til skolen, for, skal jeg sige os, - der bliver endda nok af hån og tilsidesættelse for fattigmands barn; livet er langt, skal jeg sige os."

"Var det hendes egen dreng, Birte?"

"Ja, det var min egen dreng," sagde hun med lyst åsyn. "Jeg holdt da lige så meget af ham, som om han var mit eget kød og blod. Jeg fik ham da også godt og vel opfødt.

De skulle engang se ham nu, han er jo næsten karl og så stærk . . . Det er underligt, hvor man kan komme til at holde af sådan en knægt," afbrød hun sig selv, "men fra han knap kunne gå, har han jo puslet om herinde med sine legesager og pludret, som sådan en lille fyr kan pludre! - Hø! Hø! Da krabaten blev ældre, måtte jeg jo gemme sukkeret for ham."

Medens jeg tænkte på, at så mange betragtninger havde jeg aldrig hørt Birte fremsætte på én gang, tog hun en lille pakke, der hang ved ovnen; det var klude, syntes jeg, men allerinderst fandtes noget kandis, som hun lagde på en tallerken: "Værsgo!" - Ja, han kalder mig da også mor, han kender jo ingen anden, og han kommer også tit hjem og ser til mig."

"Hvis barn var han ellers?" spurgte jeg og skævede til sukkeret, som jeg ikke fandt videre lyst til at vederkvæge mig med.

"Maren Frøstrup hed hans mormor, og jeg og hun var så særdeles gode venner fra barnsben af. Hun var så vild, så hastig, så stridsindet og så igen så blød og ydmyg - ja, hun var et underligt menneske. Men det var urimeligt, som jeg holdt af hende. Hendes datter arvede hendes sind, men vildere og voldsommere, så jeg tænkte: bare det går godt. Så var det, den gale svensker kom i hendes vej, og tøsen var jo rent ellevild i sin elskov, hun var jo af den slags folk, der ingen måde rummer. Og så - ja så blev drengen da født. - Sorg og græmmelse! Svenskeren rendte naturligvis sin vej, hån og foragt og for lidt til føden, skal jeg sige os, det tog livet af pigebarnet. Og så tænkte jeg, for Maren Frøstrups skyld og desuden - sådan et sølle barn! ... Nå, ja sådan gik det såmænd til."

Birte Vibe er som sammenvokset med sin hytte og dens grund, så det ene ikke kan skilles fra det andet, uden at noget må gå i stykker.

"Den har såmænd kostet mig meget, denne hytte," sagde hun en dag til mig; "mon jeg får lov at blive her?"

Stemmen skjalv.

Jeg blev pludselig alvorlig, thi jeg skønnede hendes hjerteslag i alt det, som mit nysgerrige øje bare fandt sært.

Jeg fulgte hende ærbødig og med bøjet hoved gennem den lave dør, og - ganske vist, det var en underlig bolig.

Et hvilested, muret op af brændte sten: en gammeldags, buelåget kiste, et trebenet sæde, et bræt i stedet for bord under vinduet, et ur på væggen, - så var der ikke mere bohave; jo, et varmeapparat: en vældig stor gryde, hvilende, med bunden i vejret, på noget murværk; gennem et hul på siden fyredes der fra skorstenen.

Fire voksne mennesker kunne til nød rummes i stuen, lergulv, loft af stokke og pinde, hvorover først er bredt gammelt papir, dernæst flade hedetørv. Sokker, poser, bylter osv. hænger over en snor ved ovnen. I det eneste lille vindue ligger en opslidt andagtsbog og et brillehus af træ.

Dette halvmørke rum er Birte Vibes fristed her i verden. "Fattiggården" er et uhyggeligt ord, hvis truende klang kan bringe hende ud af ligevægten. Thi der kunne jo komme en tid, da hun ikke kunne passe sig selv, hun kunne blive syg og sengeliggende, og så kunne det en dag ske, at hun måtte bort fra sin kære hytte, som hun med egne hænder har opført, og fra den plet, hvor hun nu har boet så frit et halvt hundrede år; - det var jo ikke så utænkeligt.

Sådanne mørke tanker lægger tyngsel over hendes alderdoms dage og stjæler en god del af den fred og ro, hendes hjerte ellers ejer, de gæster hendes fattige leje i søvnløse stunder i nattens mørke, og de kommer ofte snigende, mens dagens timer glider.

Hvert år får hun nogle læs tørv; men hun ved ikke, at de kommer fra sognerådet; for vidste hun det, tog hun ikke en billing, hendes største gru er at få "pjalterne skrevne", som hun udtrykker sig.

Her er det følsomme punkt, hvor man mærker livets stærke pulsslag gennem hendes ellers tykhudede, uopslidelige personlighed. Ikke således, at hun lader sig overvælde. Hendes stemning strømmer aldrig over i klingende latter eller fortvivlet hulken. Nej, et fornøjelig-hyggeligt "hø hø!" - eller der kan trille nogle tårer ned ad hendes rynkede kind, uden at hun i øvrigt forandrer en mine.

Birte Vibe skal man se i hendes daglige klædedragt og i hendes daglige omgivelser. Jeg glemmer aldrig en morgen, jeg kørte forbi hendes hytte. Hun kom ud for at hilse på mig; hun stod inden for volden, på hvilken hun hvilede sine sammenlagte arme. Som hun der stod, var der en velgørende, tryg og rolig selvbevidsthed over hendes hele væsen som hos den, der står fast på sin egen, hjemlige grund. Hun stod i nogle minutter og snakkede lunt med mig på en vis overlegen måde; så drog hun sig tilbage.

Der kan nemlig stundom være en vis overlegenhed over hende. Jeg sagde engang til hende, for at prøve hendes natursans: "Hvilke dejlige bakker derhenne, Birte!"

"Tykkes De?"

"Ja, det gør jeg rigtignok."

"Det var jo rart, for det ville jo ikke være så nemt at jævne dem."

Disse ord var ledsaget af et lunt smil og nogle morsomme trækninger om mundvigene. Jeg snakkede så ikke mere om den ting.

En anden gang, da hun talte om døden, sagde jeg: "Ja, hvad så?"

"Hvad befaler?"

"Hvad så, når De dør, Birte?"

"Jeg tænker jo, jeg skulle få det godt. Men det tænker vel alle - og det må da slå fejl for nogle," lagde hun til med et blink i øjet.

Jeg så hende engang stå på toppen af en lyngbanke midt i sin hede; rolig som en billedstøtte stod hun med sin tykke stok i hånden og så ud over egnen; hendes klæder flagrede i vinden. I klar septemberluft så jeg hende som en silhouet mod de rene skyer.

Således som jeg da så hende, blev hun mig et billede på den i ro hvilende kraft, som er hendes jyske stammefrænder egen.

PÅ GRUND

Ved Limfjordens kyst træder bakkerne et sted tilbage og omgiver en halvmåneformet flade. Inderst i halvmånen strækker Taastrup By sig langs med landevejen, der hopper ned ad skrænterne mod øst, kryber op ad de vestlige banker og lister sig videre frem gennem hedens unge nåletræsplantning.

Det er en ret hyggelig, lidt gammeldags by med mosgroede stengærder omkring vanrøgtede haver, forvredne hylde og store piletræer, der ved andedammen og gadekæret hænger tungsindige ud over det mudrede vand.

Længere ude breder sig ned mod fjorden indkastenes firkantede vange med vævre føl og triveligt ungkvæg, saftige enge og fugtige kær, hvoraf noget er nybrudt til ager.

Om vinteren hviler her en iskold ro, men i sommerens lange arbejdsdage stråler solen over travl virksomhed og muntert liv.

Herude stod en dag en ung mand og grøftede. Hans hoved var lille; kort fuldskæg, et opvakt ansigt og et hurtigt blik.

Arbejdet gik rask; grøften, der stod frisk med sine skarpe kanter, var ren og lige som en streg på en geometrisk tegning. Jens Brun lod sit øje løbe ad den med velbehag, idet han hvilte et par sekunder; men så skar den blanke spade sig atter let og hastig gennem mulden.

Bliver han træt over lænderne? Tænker han på en lysøjet kvinde, der bøjer sig over en lille dreng i en vugge? - imens han står stille og ser frem for sig.

Han smiler, og arbejdet stryger på ny flinkt fra hånden, grøften bliver længere og længere: flere og flere ører kommer rullende i hans tanker.

Den gårdmand, han arbejdede for, var under opsejling. Som et svært ladet fartøj, der glider i stille vand med slappe sejl, sådan kom han langsomt drivende og ankrede op ved Jens Brun.

"Puh! Det er fanneme strengt at trave i sådan en hede!" - Med disse ord lod han sig dumpe ned på en blød tue. "Puh! - I sådan en varme! Hva'?...

"Især når man har så meget at bære på!" tilføjede Jens Brun smilende.

"Hja," svarede Søren Pedersen veltilfreds ved tanken om, at han havde råd til at holde sig så godt et huld; så tørrede han sveden af sin pande med trøjeærmet.

"Du skulle bare more dig her med spaden en månedstid, så skulle du undre dig over, hvor dit sul ville blive af, Søren."

"Ja, ja, farlil," sagde Søren lidt stødt – "du står og tjener dig en god dagløn, bitte far! . . . Men det kan da ikke rage så vidt!" tilføjede han og spyttede.

"Det gør det såmænd heller ikke . . ."

"Du forstår nu alting på din måde — hva?"

"Jeg har ellers tænkt, at vi kunne få en bedre skydebane her på din ejendom ud mod fjorden. Det har du vel ikke noget imod, Søren?"

"Jeg er jo endelig ikke mest for det; der vades jo altid noget græs ned og - æ - den tummel; . . . men det forstår sig, jeg vil da ikke forbyde det. Tror du nu også, det skytteri kan føre til noget?"

"Jo, ser du, Søren Pedersen, et folk i våben, der er på sin post, det kan man ikke byde alting. Og der kunne jo komme en lejlighed, det kunne der jo, man ved aldrig, hvad der kan ske, det ved man ikke, og derfor er det godt at være forberedt. Det kan du nok forstå?"

"Jo, det byder sig selv; men alligevel, at tænke sig det sådan gå løs for ramme alvor, det — æ . . ."

"Vi må da engang vågne her i landet til syn og sans for
andet, end hvad vi æder i dag, og hvad vi skal æde i mor-
gen!"

"Ja, ja, skydebanen kan I tage, hvor I har lyst, og kom-
mer I til at mangle en tikroneseddel, skal I heller ikke gå
fejl efter den. Jeg siger, vi må fanneme vågne, det må vi -
hva!"

Dermed rokkede Søren Pedersen op ad byen til.

Skyggerne blev længere og længere. På den anden side
af fjorden stod kridtskrænterne klart i eftermiddagslyset,
og over en mørk, bølgende overfladelinje ragede to kirker
og tre møller frem. Fjorden var som et vældigt spejl. Både
og fartøjer lå ganske stille med døde sejl under gaffel og
rå. En fiskerbåd blev roet fra land, årebladene søndrede
spejlets glas, og tag for tag skød den sig med let
fråd om boven ud over den kølige, blanke flade. To hyr-
dedrenge vadede med opsmøgede benklæder ved stranden
og fangede krabber. Bølgerne nynnede dæmpet ind mod
den lave brink.

Jens Brun havde tilhyllet sin spade med græstørv, og
hans grønmalede madkasse, der var sammenbundet med
en ølflaske, var kastet over skuldrene. Han stod og så sig
om efter den bedste skydebane. Og han holdt også af at se
ud over fjorden, det havde han gjort fra sin barndom af.
Her var så smukt, tyktes han.

Her i græsset havde han leget og spøgt som barn, nu
skulle han lede ungdommens øvelser på den samme plet.
Her kunne opføres et skur, det kunne stå der; og på den
flade grønning kunne godt holdes gymnastik, udmærket.
Det kunne blive prægtigt.

Og han skulle synge for dem; de skulle lære herlige
sange, smukke, livsglade sange, som han havde sunget på
højskolen; ind mellem øvelserne, ja, og under marchen
kunne de synge dem, og ... ja kunne han bare gøre dem

indlysende, at verden dog gik længere end til Taastrup
Høje og Ravnsig Bakker!

Han var på vejen hjemefter. Let sprang han over grøfterne, tværs over det dugvåde græs skyndte han sig forbi
tuer og blundende blomster. Hjem, hjem til Marie og den
lille tyksak!

En toft skød sig frem mod bydammen, der stod i forbindelse med lergravene. På denne toft lå et lille, hyggeligt
hus. Kridhvide murfelter i sorte bindingsværksrammer, og
små ruder i blåmalet indfatning tittede frem bag slør af
buske og træer.

Han havde syntes fra barn af, at der måtte kunne leves
så lykkeligt i dette yndige hus, og nu var det hans, om han
også skyldte noget på det.

Hans kone sad derinde ved vinduet og kiggede efter
ham. På en slank krop sad et kækt hoved med fine træk,
et lyst blik og blondt hår. Drengen lå i sin vugge med et
nydeligt tæppe over og sov. Her var så rent og så stille.

Den unge mand trådte rask ind med en ram duft af
muldjord og sved om sig, frisk og glad.

”Hys, du! Han sover,” hviskede Marie og løftede smilende pegefingeren.

”Sover han, den knægt?” - Han hen til vuggen. - ”Hvad,
sover han den knægt! - dikke, dikke, dikke!”

”Du må virkelig ikke vække ham, Jens!” Hun også hen
til vuggen.

Så ruslede de begge med ham og lo, og den lille fyr slog
sine sorte øjne op imod dem. Så lo og legede de alle tre en
stund.

”Var der ingen breve i dag? - Ikke? - Jeg ventede endda
et fra Enevoldsen. Vi skulle jo have en taler til skyttefesten.”

”Du skulle bare læse et stykke i ”Folkebladet”, Jens;
aviserne ligger der.”

"Ja, men jeg skal først have vasket mig; så kommer jeg
ind til dig, og vi skal have lyset tændt."

Jens Brun havde tjent udenbys og var der kommet ind i
en strømgang af folkelighed og politik, der havde ført
ham på højskolen, hvor hans tankeliv var blevet vakt, og
hans livlige ånd havde fået højere interesser.

Som en varm apostel for sine ideer var han kommet til
sin fødeby, og hans første troende blev Marie, hun som
blev hans kone.

Han var blevet en prædikant for bevægelse, liv og frem-
skridt. Næsten hver af hans samtaler hang sammen der-
med; de kunne begynde med køer, tørvejord, eller hvad
det skulle være, de endte, uden at han vidste det, i et eller
andet brændende spørgsmål.

Talen fik ved hans ungdomsvarme den personlighedens
glød, som alene giver ordet den tændende evne.

Således havde Marie mødt ham. Med en troendes ube-
tingede hengivelse havde hun sænket hovedet mod hans
bryst. Som en flod af fyrig elskov og svulmende livsmod
var han kommet og havde løftet hende i vuggende lykke
mod ukendte strande, hvorhen? . . . hun vidste det ikke,
brød sig ikke om at vide det, kun kende beruselsens sød-
me.

Det var lykkelige dage, der kom.

Og de havde fæstet bo i det lille hus på toften ved
bydammen. Inde mellem træerne havde han dannet bord
og havebænk, hvor de sad søndag eftermiddag og i milde
sommeraftener, når han kom fra arbejde. Fjorden kunne
blinke gennem løvets netværk ind til dem, storken ovre på
Peder Madsens lade stod på ét ben og knebrede, og blade-
ne hviskede i den stille vind i stigende og synkende tone-
fald underlige, dæmpede melodier.

Og så sad de så lykkelige og fandt hinandens hænder
under deres egne træer og drømte om den fremtid, der

bredte sig ud for dem som en herlig sommer med grøde-
fuldt liv under sol og sang.

De kunne så rejse sig og gå ud i toften, og han kunne
fortælle længe om, hvorledes han, når han fik tid, ville
have det hele kulegravet, læplantet osv. til frøavl . . .
"Om det kan betale sig? Ja, ja da." Og han fortalte ivrig
videre. "Se det er forretning du? Hva'?"

Ja, det kunne hun da ikke nægte.

"Og jeg kan da blive hjemme hos dig og er fri for at
lægge min arbejdskraft på fremmed mark; og det er et
arbejde, som du kan hjælpe mig ved."

"Hvor det skal blive skønt! Så går vi hjemme ved hin-
anden og passer vor egen jord ligesom gårdfolkene. - At
der dog kan komme så meget ud af sådan en lille plet!"

"Ja, er det ikke storartet! Og vi sender frø i lærredsposer
fra "Jens Bruns Frøhandel i Taastrup", hva'!"

Hun havde smilet.

Så kunne der komme et par unge. En del af byens ung-
dom traf tit sammen her. Der blev holdt legemsøvelser,
talt og sunget.

Det var en stor glæde for ham, når han hørte de smukke
sange som "Høje Nord", "Jeg vil værge mit land", "På det
jævne", hørte disse sange tone ud over mark og kær. Og
det var ikke så sjældent nu, thi de begyndte at fortrænge
de tvivlsomme markedspoesier, som var forfattet af den
blinde Kristen Povelsen fra Vendsyssel.

Taastrup lå lunt mellem bakkerne og solede sig i en art
gammeldags velstand. Den blundede i sommerheden, selv
gårdhundene gad knap gø, men luskede dovne om med
deres laskede sider. Den ene gård lignede den anden, det
samme møddingsted og de samme gamle halmstakke bag
ladelængen, ens stuehuse med lige mange værelser og
kamre. De samme billeder af Luther og Mel-anchton i
olietryk på væggene, og de i glas og ramme ophængte

ligvers var næsten alle rimede af samme degn og trykt i det samme trykkeri.

Her var en kolos af ensartethed i skik og sædvaner såvel som selskabelige vedtægter og meninger, en kolos, der var vanskelig at rokke. Men den politiske stemning havde dog fremkaldt små svingninger. Og Jens Brun kilede sig ind så hist, så her, hvor der bare var en åbning, hans meninger kunne få næbbet i.

En gunstig lejlighed havde skabt ham et vist ry. Proprietær von Frantzen, en hoven herre, som hverken højre eller venstre holdt af, tænkte på at stille sig som folketingskandidat og holdt nogle møder i omegnen. Ved et af disse vovede Jens Brun at rette nogle spørgsmål til proprietæren, men denne blev vred og bed ham temmelig ublidt af. Han ville lade Jens Brun vide, at han var ingen katekismusdreng, der lod sig afhøre side op og side ned, han havde siddet i sognerådet i så og så mange år og i amtsrådet i så mange, og for resten gik han til højre, men det gjorde han med sorg.

Jens Brun fik ordet. Hr. proprietæren kunne vist ingen skade have af at læse lidt mere over på sin politiske katekismus (munterhed); her blev han i hvert fald næppe taget god. - Og hvad det vedrørte, at kandidaten ville gå med sorg til højre, så ville han synes, at han hellere måtte gå med glæde til venstre. (Ny munterhed).

Således blev Jens Brun ved. Og bønderne skubbede hinanden på albuerne og lo. Søren Pedersen kløede sig med pibespidsen bag øret og lo, så det klukkede i hans tykke mave.

Taastrupboerne var stolte af Jens.

Proprietæren blev vred og spurgte, om Jens Brun måske troede, han var født i går. Hvortil Jens Brun svarede: "Nej; jeg tror tværtimod, at proprietæren snarere er født for et hundrede år siden."

Ikke længe efter mente Jens Brun at spore et for den ”simple mand” ugunstigt røre i kreditforeningen, og med den kraft, som hans energiske ånd rådede over, havde han jaget egnens folk op af deres sorgløse søvn på dette punkt. Hans alarmråb førte til forholdsvis livlig deltagelse i en række kreditforeningssager, ja endog til et repræsentantskabsskifte.

På denne måde vandt han indflydelse. En læseforening blev stiftet, og ved hans hjælp fandt dygtige og tidssvarende blade og tidsskrifter vej gennem den kinesiske mur, der før kun havde ladet den gamle stiftsavis komme frem.

Ringen var brudt. —

Det var gået for fulde sejl nogle få år, men så blev Marie svagelig.

Hun lå en vinteraften i sengen, hun havde ikke været rask, siden den sidste lille blev født. Hun kunne jo ikke få tid at ligge hele dagen - der var så meget at sy for fremmede; men nu havde hun overgivet sig, forfærdelig udaset, som hun var. Syg måtte hun være, for kræfterne svandt, men hvad der var i vejen, det var jo ikke så godt at sige, og lægerne var så dyre.

Hun lå med et lidende udtryk i sit blege ansigt, der var fugtigt af matheds sved. Hun havde ikke klædt sig af, da hun snart skulle op igen for at tage fat på syningen; men det var så dejligt at døse lidt.

Sengen var i uorden, og hendes filtrede hår strittede ustyrlig frem under tørklædet. En stenolielampe stod på bordet og sendte sit sparsomme lys rundt i stuen; den var skruet ned for at spare på olien. Det mindste barn lå ved hendes bryst, et ældre snorkede med sit hoved på vuggens snavsede pude og det ene ben oven over dynen; den ældste - en fireårs purk - sad på bordet med nogle pinde, som forestillede skibe, der sejlede frem og tilbage på fladen.

”Må jeg ikke få en mellemmad, mor?” spurgte han.

”Nej, vi kan ikke sådan spise mellemmad, når vi har lyst, lille Kristen. Nu kan du vente, til far kommer hjem.”

Han var til et møde.

Hendes magre hånd med de tydelige blå årer under den blege hud gled blødt ned over håret på den lille, der lå ved brystet, hvorefter hun så ud for sig og faldt i tanker.

Hun tænkte på sin mand. Nu står han i mødet og taler varmt for det, han tror; hans øje lyser. Hun kunne tydelig se ham, det træk ved øjnene og det kast med hånden er der ingen andre end han, der har . . . Der var ingen, der havde sådan en mand som hun, ingen i hele byen, selv om han var fattig. Mon de ikke var det nu? Jo, nu var de fattige. Det var et tungt ord, og de var så unge, Jens og hun. De stræbte endda, det bedste, de kunne; og hun spiste ikke mere, end hun lige kunne holde livet med; for Jens, der skulle arbejde så strengt, måtte da have nogenlunde kost. Og så skyldte de endda høkeren, skyldte ham stadig væk. Hvor man dog skulle slæbe for at få føden! Hun havde dog ikke tænkt sig det således. Nu var hun jo også blevet svækket. Det hele så så underlig trist ud.

En ting gjorde hende så ondt. Hun vidste, at Jens satte stor pris på at have alt net og propert, hun kunne se glæden skinne i hans ansigt, når huset var rent og pynteligt. I begyndelsen gik det så godt, men nu! Hun kunne ikke, når hun skulle tjene noget til hjælp med sin nål. Men det gjorde hende så ondt, at det ikke var blevet, som de havde tænkt sig det begge to; hun var så bedrøvet, men hun kunne virkelig ikke overkomme det . . .

Tårerne trillede ned ad hendes tynde kinder.

Og mens den unge kone græd, tænkte hun på fattigdommen. Hun kendte den vel ikke rigtig endnu, men hun frygtede den som et uhyre, der ville suge blodet af hendes børns kinder og marven af hendes mands lemmer, stjæle livslysten og livsmodet og kaste graven til over hendes og hans ungdomsdrømme; som sådan et uhyre og sådan en sort graverkarl frygtede hun fattigdommen. - Og var det ikke skrækkeligt! Hun syntes allerede, han sad på dørtrinet, syntes, han listede om i halvmørkets kroge.

Drengen var kravlet ned på gulvet, havde fået sin fars gamle, fedtede hue og en af hans veste på, og nu gik han med en stok i hånden op og ned ad gulvet i stor alvor.

Da moderen kom til at se ham, kunne hun ikke lade være at smile, og jo mere hun så på ham, des længere gik smilet ind; til sidst blev det en hjertelig, stille latter.

Da drengen blev opmærksom på, at hans mor var fornøjet, kom han hen til sengestokken og ville op til mor, op til mor! Og inden hun ret vidste det, lå hun og spøgte og var så glad og godt til mode.

Jens Brun trådte rask ind i stuen, og idet han satte "Højskolebladet" ind i boghylden, begyndte han at fortælle om, hvad der gik for sig ved møderne. Marie lyttede glad til. Hun satte brødet frem. Han havde kastet frakken og sad og lo af en morsom historie. Kristen kom hen til hans knæ. Han tog ham i armen, gyngede ham og spurgte: "Hvad er det så, du er?"

"Stamherre!"

"Og hvad siger du?"

"Danmark! trænger du til min arm?" sagde den lille fyr med strålende øjne og holdt den lille knyttede hånd i vejret.

Faderen lo.

"Hvordan har du ellers haft det, min pige?"

"Å! det kunne jo have været værre."

"Ja, det går vel nok over . . . ah, du lille tyksak!" sagde han og ruslede med knægten. Så satte han ham på sit knæ: "Ride, ride ranke!"

Jens Brun var blevet opmærksom på, at Marie led. Det smertede ham at se svækkelsens orm gnave det legeme, han elskede. Og derfor, trods hendes modstand, blev der ikke ro i huset, før de blev enige om at tage til lægen.

En forårsdag lånte de så Søren Pedersens enspænder og jollede af sted op ad landevejen mod vest gennem hedeplantningens unge graner og fyrre. Vejret var smukt. Foråret bryggede i pors og lyngens grene: i hvert strå, i alle spirer sydede det, og i blomsternes bægere stod vårens unge vin og gærede.

Ungt, som deres sind var, grebes det af vårlivets poesi og overskylledes af dets forfriskende bølgeslag.

Jens Brun fortalte muntre historier om skovrideren, som han kaldte et sølle, fjollet menneske, der ved gode forbindelser var blevet lempet ind i embedet, som kunne føde ham. Bønderne havde ham til bedste, og der var mange morsomme småtræk at fortælle om ham.

Marie lo, ikke måske så meget af skovrideren, som fordi hun følte en glad og stolt kærlighed til den mand, der sad ved hendes side, og som spøgte og hyppede og fløjtede og nynnede og var i så godt lune, som han mindst ejede et fyrstendømme.

Hun trykkede hans hånd.

Men da han så hendes blege kind og trætte øjne, slog han sine arme om hende midt på landevejen og sagde: "Marie, min egen Pige! Du skal blive rask og stærk og sund og rød og fed, - det skal du!"

Lægen var betænkelig. Han tilrådede fuldstændig hvile og ro, mælk, kød, æg, franskbrød . . .

Hun smilte tungt; hun vidste, det var umuligt at skaffe alle disse rare ting. Han blev alvorlig, thi det var hans beslutning, at forskriften skulle følges, hvad han så skulle døje.

De talte ikke meget på hjemvejen.

Mange tanker og planer for gennem hans hjerne. Han forstod, at hun var overanstrengt og manglede næring. Og han så med ét, hvorledes hun, så svag som hun var, havde

maset med overanstrengende syning og vask for fremme-
de. Og hun havde gået så stille. Stakkels, kære Marie!

Han måtte gøre noget ekstra; men hvorledes vidste han
ikke. Han havde tjent så meget, som han kunne; det kunne
ikke blive til mere, syntes han, på den måde da. Han vid-
ste minsandten ikke . . . Nå! St! St! St!. . . Hyp! . . . Men
der var jo også en anden måde. Mon han aldrig skulle få
det i gang med at avle frø og dyrke havesager . .. Lodden
egnede sig fortrinlig til det. Han kunne selv kulegrave
osv., men hvad skulle de så leve af imens? Det var der,
det holdt. - Han havde troet, han skulle komme så meget
forud, at .... naturligvis, der gik jo en del tid og penge til
møderne, til bladene og bøgerne, der kunne spares, det
kunne der strengt taget, men ... i et nu så han en fremtid
uden læsning, uden tanker, uden liv og uden lys og gyste,
en fremtid som hundrede andres, men ikke som han havde
tænkt sig den, en trællen for brød, brød, brød...

Han syntes, som et mørkt ælte steg i vejret om hans
fødder og højere til hans mund, som ville det kvæle ham,
så han aldrig skulle sige et levende ord mere.

Da blev han forknyt

Fattigdom! . . . Fattigdom! det var mørket. - Og han
kunne slide sig halvt ihjel og lære sine børn det samme
slid og slæb: mens deres mor døde af sult, og han endte på
fattiggården. Det var et herligt liv, det . . . ”Nå din krikke .
. . æh!”...svup!

Marie hostede.

”Gør det ondt, min pige?” spurgte han med en inderlig
stemmeklang, som gjorde hende glad.

Hun smilte lykkelig til ham og sagde, at det gjorde slet
ikke ondt.

At hun skulle savne! Nej, før skulle han stjæle, røve,
snyde . . . Nå, så galt var det vel ikke. Men var det ikke
lumpent, at han skulle mangle de skillinger til at sætte sin
plan i værk med! Han stod på vippebrættet, bare et lille

skub, så var han på den lykkelige side; men ellers fik han blive på denne her.

Han fik såmænd aldrig penge. Låne? – Hja! - Hvem ville låne ham? - Nej? Og slå ind på nogen slags handel? Handel uden penge, det blev nok en herlig forretning.

"Jens! Jens! . . det er forkert vej! Hvor i al verden…Hvad tænker du på?"

"Å! jeg tænkte bare på. . . hvorledes jeg skulle blive kejser af Kina eller få en lignende bestilling blot en dags tid eller to, så kunne jeg . . . så ville jeg . . ."

"Hvor du kan sludre! Hvad ville du så?"

"Så ville ... jeg købe en ko . . ."

"Ha! Ha! Ha! Se nu, du passer vejen, at vi kan komme hjem; lille Maren længes vist efter mig."

Så rullede de videre.

En ko! tænkte hun. Ja, det var ikke så ilde. Man kan jo ikke engang få mælk uden at tigge; grisene skal jo have den.

"Halløj! Jens Brun! Kan du ikke bie og snakke med kendte folk?" råbte en vandringsmand.

"Goddag, mand Brand! - Du her?"

"Ja, ser du, kort at fortælle: Jeg var jo ved døren, men du var ikke hjemme, hvad jeg jo ikke behøver at sige dig. - Har du været langt henne i dag? . . . Nå ikke . . . Har du været i Brostrup måske? ... Ja, jeg kunne vel tænke det. - Så har du da været ovre og set til Per Lassen? Sikket stuehus bitte børn! Og brugsforening i den ene ende! . . . Har du travlt, siger du! Ja, ja farlille, der skal tid til alt. Men hvem er det, der kommer kørende? Det er minsæl Ole Kræmer! Så kan jeg få agende. Ser du, han er her jo lige på stedet, for han kører jo som lyn og torden. Hvor blev'et nu a'? . . . Holdt, holdt her er det. Værsgo! Det er et brev fra skolemesteren i Hvam. Farvel! Farvel!"

Han læste brevet; det handlede om ordningen af et større politisk møde der på egnen.

Solen gik ned i bankerne mod vest. Taastrup By og fjorden lå for dem i aftensolens skær. Deres eget lille hus kunne de skimte bag træerne. Hesten prustede. En dreng koblede under højrøstet enetale en række køer til højre for vejen. Til venstre stod to par gumlende får og gloede på dem, medens deres små lam hoppede glade om. - Taastrup lå trygt mellem lune banker midt i kløver og korn, trygt som en af dens gårdmænd midt i sin velstand.

I den tidlige morgenstund, da duggens perler hang i græsset, og dagen ikke ret var vågnet, kom der ud næsten af hver gård i byen en langvogn med mænd og kvinder, der skulle i tørveskæret. Øgene slæbte dovne af sted med deres fede sider, nogle af de agende gabede, en enkelt tog sig en skrå.

Før alle andre var dog Jens Brun af sted med sin madkasse og sine arbejdsredskaber på nakken. Han havde godt akkordarbejde i tørvetiden, men det var strengt. Et slidsomt liv i sved fra morgen til aften var det, og kun lidt hvile undte han sig i middagsstunden. Imens andre lå i vognens skygge med en trøje over ansigtet og døsede, og hestene kastede uroligt med hovederne eller hang med ørerne og viftede sig med halerne, imens skar hans flinke spade som en smørstikke i den fede, fugtige tørvejord - den ene snes tørv efter den anden.

Han tog gerne tidlig hjem for at kulegrave lidt i toften. Han var øm over sine redskaber og holdt af dem som en kriger af sine våben. Når han om aftenen hvæssede dem på stenen, drejede Marie for ham, mens børnene lå og trillede i græsset.

Han havde købt et par hæfter om frøavl, som han læste i ved skinnet af en stenolielampe, når han var ked af at kulegrave.

På grund af den ringe søvn sved øjenrandene, musklerne ømmede sig under det evindelige slid, og han blev mere

og mere mager. Han sagde spøgende til sin kone, der kla-
gede derover, at når han tørrede ind, så blev han bare så
meget lettere og nemmere at tumle.

Han følte sig ikke oplagt til at arbejde i skytteforeningen
om søndagen, således som han plejede. Ingen havde heller
talt om at fortsætte, træhesten stod og rådnede i Peder
Madsens vognport, og øvelsesgeværerne rustede i forstuer
og fugtige karlekamre.

Derimod brugte han søndagen til søvn.

Marie vågede omhyggeligt over, at intet forstyrrede
hans hvile. Og så sad hun og bødede skaderne på hans
arbejdsdragt, mens hylden sendte sin sødlige duft ind ad
det åbne vindue, og stærefamilien, der boede i kassen
udenfor, sang for hende.

Han lå i sengen med svedperler over næseryg og pande.
Hun syntes, han var blevet så skarp i ansigtet på det sidste
. . . Han kunne også umuligt udholde at arbejde så over-
stregs, for så måtte værket gå i stykker - for tidligt. Og der
ville gå mere i stykker, hvis dette skulle blive ved. Hun
kendte hans higen og forstod den, og skulle han trykkes til
jorden under brødkampen, så han ikke kunne få røre de
vinger, han havde, da ville han blive et ulykkeligt menne-
ske . . . Han ville komme til at gå omkring med et hul, et
tomt rum inden i sig, som han idelig og idelig ville stirre
på, stirre og stirre. Og hun, der så gerne ville have fulgt
ham gennem det liv, de havde drømt om, hun ville blive
dømt til at se ham i trældom, bag gitter, han ikke kunne
bryde . . . ham, hun elskede. Hun fik tårer i øjnene. Hun
følte, de var fattige. Og hun bad så mindelig om, at Gud
dog ville række dem en hjælpende hånd.

Det var så tungt, at han altid var borte på arbejde. De
levede jo næsten ikke sammen. Kunne han bare få den
plan med lodden i gang. Hun skulle nok hjælpe ham, bør-
nene også, når de voksede til. Måske kunne børnene blive
fri for at komme ud at tjene. Han ville hjælpe hende at

opdrage dem, det var han så udmærket til. Men det var stadig disse penge. Og til efteråret skulle der udbetales 100 kr. på huset; hun forstod ikke, hvor de skulle komme fra.

Gode penge havde han jo tjent i sommer, men - de skulle jo leve. Og de levede bedre, end de plejede, for han næsten tvang hende til at spise god mad - så fisk, så kød, som han bragte med hjem Og hun havde også haft det bedre i den sidste tid; han ville jo, hun skulle blive sund og stærk. Han var så god, så god. Å, dersom kammerherren eller kongen, hun havde nær sagt, dersom Vorherre vidste, hvor god og klog han var, så ville de hjælpe, det ville de.

Han vågnede.

Idet han rask kastede benene over sengekanten, gav det et lille knæk i ryggen; det smertede, så han blev bleg, men det gik dog snart over, og de nød deres søndagskaffe ude under den gamle hyld.

En julidag ikke længe efter flagede Jens Brun.

Op over det mørke tag og det lyse løv viftede dannebrog på en hvidmalet granstang. Det var den første flagstang i Taastrup; snart kom der flere, og ved alle festlige lejligheder var byen smykket med dannebrogsflag.

Han flagede; for i dag var der atter kommet et nyt liv til huse. Moderen lå mat hen med et lykkeligt smil, og han stod i døren og nikkede fornøjet til alle mennesker, der kom forbi, og spøgte med sine tre småfyre, der kravlede om i græsset udenfor.

I Søren Pedersens dagligstue sad tre gårdmænd og talte om Jens Brun.

Den ene stoppede sin pibe, den anden var lige blevet færdig med sin. Over den modsatte bordende var bredt en mørkebrun voksdug, på hvilken en flok fluer gjorde sig til gode med en levning fra middagsmåltidet. Det var middagsstille, og det gamle ur med tinskive, prydet med en snirklet indskrift: "Just Heede, Vuust 1777", mumlede søvnigt sit ensformige tik—tak!

"Nej, dette her!" - sagde Søren Pedersen, - det her med frøavl - ok, det er såmænd det rene humbuk!"

Hans: "Ja, det er også min mening .... At han skulle kunne leve af den bitte plet, det er min sæl en urimelig ting! End vi andre!?"

Kristen: "En skulle nok tykkes det, men når en hører hans grunde, og hvordan han lægger det ud."

Søren Pedersen: "Du kender da Jens Brun, farlille, og ved, at han er ikke nem at begå sig med på de måder; han læser jo både om det ene og det andet og er jo svær til at klare for sig."

Kristen: "Jeg synes nu ligegodt, det er en mand, vi burde støtte en smule; han er skøn at have imellem os ved mange lejligheder, og stræbsom er han pinnede også."

Hans: "Ret nok med det, Kristen; men er han ikke også noget af en spekulanter?"

"Jeg synes for resten" - brød Søren Pedersen ind, - "at da han nu har snakket til os om lånet, at - æ - vi så kunne være enige om at svare, at dette her planteri vil vi ikke vide noget af, men penge til en ko, det kan han få, hvad dag han vil. Han kan jo arbejde dem af, ligesom vi har brug for ham til. Græsning og foder bliver der vel råd til, og så kan han så korn og lægge kartofler i toften."

Hans: "Det bliver vel det sløveste."

Kristen: "Skulle der mange penge til det andet? For ellers …"

Søren Pedersen: "Nøj spirantvæsen! - lige så sikkert som tow og tow er fire. Får vi en kop kaffe, mor?" henvendte han sig til konen, der kom gennem stuen.

Kristen: "Jeg synes ellers ikke, han plejer at løbe galt i by."

Søren Pedersen: "Galt i by? Men du ved da, Kristen, at det går gerne sådan med de folk, der læser og studerer så meget, at de kan fanneme ikke klare sig med os andre i det praktiske - Hva! Se nu til justitsråden! Vi behøver ikke at gå længer . . Men han er såmænd både dygtig og klog, Jens Brun, det er ikke for det."

Hans: "Ret nok, og dygtig selvklog."

Kristen: "Der er alligevel mange ting, der har fået en anden vending, siden han kom til bys."

Hans: "Ja, de render og skaber dem med deres flag og bøsser og synger og sjover."

Kristen: "Det er nu min mening, at der er mere i det, han kommer frem med, end mange tror og forstår. Spørg de unge! Fanneme, om ikke min søn skal få lov at komme på højskolen!"

Hans: "Jeg tror, folk bliver tåwle nu om stunder. Koste alle de penge, når vi har præst og degn at betale til alligevel!"

Kristen: "Jeg vil kun sige dig en ting ..."

Søren Pedersen: "Nu skal I drikke kaffen, mens den er varm; I andre holder nok varmen, he, he, he! - Hva! - Værsgo! Tag fløde og sukker!"

Og så gik snakken videre.

En aften kom Jens Brun trækkende med en ko, han havde købt. Planen var altså gået i spånerne, men der var da blevet en ko ud af den. Og det var for den sags skyld rart nok at have god mælk i huset. Hvor det ville blive en fornøjelse for Marie at gå og passe den, malke den, klappe og kæle for den! Og dens gode mælk skulle styrke hende endnu mere, så hun kunne få sin tidligere kraft tilbage.

"Hva, lille bosseko!" Og han klappede den. "Kan du give god mælk til dem derhjemme?"

Den tiltalte, der var ude over de første ungdomsår, bar på tynde ben en knoklet krop i et groft, gråbroget skind.

"Det var ligegodt rart nok at have sådan en bos, som var ens egen." Og så klappede han den igen. "Skal nok få det godt, bos."

Marie stod i døren med en lille på armen og smilte, da hun så sin mand komme trækkende med deres egen ko. Han kunne heller ikke lade være at smile, da han så hende.

Den ældste dreng sparkede af sted hen imod faderen, et par mindre børn vraltede utålmodige bag efter broderen, der ikke havde tid til at vente på dem. Den ældste kom op at ride på koen, de to mindre fik plads på faderens arme, og således holdt de deres indtog.

Marie kløede koen under hagen, så på yveret og var glad ved at få sin egen ko at malke.

"Nu skal vi rigtig være glade for bossekoen, Jens! Jeg skal have den malket med det samme, og så kan den græsse på diget."

Børnene gik rundt om koen, sagde "bu, bu!" og rørte varsomt ved den, lo og var henrykte.

Således blev koen optaget i husmandsfamilien.

Efterårsterminens truende skyer formørkede jens Bruns sind.

Marie havde sagt ham, at købmanden havde ytret sig om, at regningen blev for stor. Hun havde sagt ham det på den lempeligste måde, da hun vidste, det ville volde ham bryderi, men det skulle jo siges. Hun havde tiet med, hvor ofte hun havde krympet sig under købmandens tvære måde at ekspedere hende på, så hun ikke vidste, om hun kunne få varerne eller ikke. Hver gang hun gik derhen, var det med ængstelse. Hun stod og krøb sammen ved disken for ikke at tage pladsen op for gårdmandskonerne, der havde råd til at prutte, kritisere og spørge. Og så var hun endda glad, når han ikke ville se alt for surt til hende eller fuldstændig nægte hende kredit. Når hun hørte dørklokken ringe bag sig, så var det da ovre for den gang.

Det havde hun som sagt tiet med.

Det var søndag. Jens Brun gik urolig frem og tilbage i stuen. Han havde sin hue på, for ligesom han var inde, så var han ude, og huen fik det ene skub efter det andet, så frem, så tilbage. Han kunne ikke hitte ud af det; der var ingen vej at se. Han havde nok henved et hundrede kr. nu, men hvad . . . 100 kr. skulle udbetales på huset, købmanden skulle have penge, og koen ... de plejede da også at få lidt i saltkarret; og hundrede kroner til det hele!

Han havde arbejdet mere i sommer, end han egentlig kunne døje; men hvad havde det hjulpet? Det groede til om ham på alle kanter, det var, som om han stod på en grund, der var gennemvævet med tykke, seje rødder og fyldt med kampesten, så ingen spade kunne gå igennem - sådan var det - ikke det skarpeste jern kunne gå igennem. Og så kunne man stå der og ase og bakse med det til - ja, hvad ville det føre til? Pokker og fanden skulle have med det at gøre: Man kunne lige så godt lade spaden stå - lade den stå ganske stille og ruste og så lade det hele rejse ad . . . "Gå væk, dreng!"

Den lille sad og legede på dørtrinet, hvor Jens ville over, han rejste sig hurtig og stirrede forbavset på faderen.

Det skræmte barneøje gjorde indtryk på ham.

Sølle dreng! Han blev virkelig ræd for mig. Hm! Hvorledes mon han skal få det i fremtiden ... og de andre og Marie!

Jeg er den, som skal forsørge og skaffe til huse. Hvor var det ikke herligt at kunne komme hjem og forsyne dem alle sammen, så aldrig en tanke om savn eller nød skulle vågne hos dem!

Han satte sig under hylden og grublede; men tankerne kunne bare løbe rundt ligesom en cirkushest uden at komme nogen vegne.

Lille Kristen kom hen til hans knæ og ville op. men han skubbede ham væk, han ville være ene. Lidt efter kom drengen igen og stod og pillede ved faderens arm. Ligesom han ville have jaget ham bort igen, kom han til at se i hans gode barneøjne. "Kom da!" sagde han.

Ingen af dem sagde noget i en tid. Vinden ruskede i løvet, mørke skyer drev rask mod øst, og ude på fjorden duvede en krydsende jagt.

Så fik drengen lov at se på uret og lægge det til øret, og så skulle faderen også lytte, for det var så morsomt med dette "dik dik dik dik!"

"Hør!" udbrød drengen på en gang.

"Hvad er der?"

"Fuglen deroppe på grenen! Fut, der fløj den!"

De kom i lang snak, drengen blev ellevild af glæde og tumlede med faderen, da Marie noget efter kom ud, lå de begge på jorden, og faderen var helt rød af anstrengelse og fornøjelse.

"Det er den tossede knægt!" sagde Jens, ligesom undskyldende sig, Marie smilte. Så fulgtes de alle tre ad hen at flytte bossekoen.

Tunge skyer ilede hen over himlen, røggrå og sorte mellem hinanden væltede de sig frem som før regn.

Mænd i efterårsklæder samledes ved skolen til sognerådsvalg. Uagtet det var over den fastsatte tid og koldt, nærmede man sig dog med en sindighed, som der var udlovet en guldmedalje til den, der kom sidst.

Formanden udtalte, at det jo var de mindst beskattede, der skulle vælge denne gang - om der var nogen, der havde forslag at gøre. Et lille ophold. Da var der endelig en, der foreslog Jens Brun. Ja, ham havde en anden da også tænkt på - en tredje og fjerde. Det lod til, at der var snakket om den ting før.

En mand rejste sig henne i hjørnet. Han mente, at det næppe var rigtigt at vælge en småmand, der ikke godt kunne afse nogen tid fra sit daglige arbejde; det var for stor en byrde at lægge på sådan en mand. Det var bare det, han ville gøre opmærksom på.

Ja - tog hans sidemand fat - han ville endog henstille, om det overhovedet var rigtigt at vælge folk, som sad i små omstændigheder og havde de værste udsigter. Her kunne jo nok være noget at overveje ved dette. Nå ja, det var bare det, han ville sige.

Der blev ganske stille.

Mange skottede til Jens Brun. Men han, der ellers ved enhver lejlighed havde et ord parat, sad tavs med albuerne på knæerne og lod blikket hvile på gulvet; han var lumrende rød. Det var, som han blev afklædt midt mellem disse mange mænd, som om han havde stivkrampe eller var hypnotiseret, mens de blottede ham stykke for stykke, uden at han kunne røre et eneste lem, men dog med den klareste, mest skærende bevidsthed om sin stilling - sådan følte han det.

Forhandlingen gik videre, men der var få, der stemte på ham. Da han mente sig ubemærket, listede han sig ud af døren.

Hvad var der sket? Han var blevet sat uden for det pæne selskab, fordi - han var fattig. Han skulle ikke have den samme ret som andre. Nu sad de derinde og forhandlede om sognets sager, han var udelukket, . . . udelukket - han kunne gøre, hvad han ville, gå hvorhen han ville, ingen brød sig om det; han kunne for den sags skyld gerne lade sig glide ned i mergelgraven, om han havde lyst, man ville måske knap fiske ham op.

Det var blevet aften og tykt mørke, blæsten susede gennem de gamle træer, og ruskregnen drev som tæt støv ned over hans ansigt. Han mærkede det ikke, han gik frem og tilbage og rundt uden at vide hvorhen, frem og tilbage og rundt. Han så ind over sin fremtid. Han syntes, han skimtede fattiggården. Det klogeste, han kunne gøre, var som så mange andre at glemme sin trang til at være med i la-

get, drukne den i den sløvhed, som umenneskeligt slid og
slæb, tilsidesættelse og fattigdom fremkalder. I dette mør-
ke kunne han bare lempelig lade sig glide ned. At det var
som et selvmord! pyh! - det var dog det klogeste. Slet
ikke selvmord, tværtimod; det var en magt udefra, der
ville gøre det af med ham. Han følte sig som kneblet og
bastet af en rå kraft, som han ikke kunne stå sig imod,
men det skreg inden i ham mod denne vold; og så var det
dog, som om også dette skrig blev kvalt af en overlegen
magt, der grinede under sin bøddelgerning. Men han ville
ikke kvæles, han ville den onde ... ja Gud eller den onde
eller, hvem der var stærkest, dersom en af dem kunne
hjælpe ham, så tilhørte han ham, han måtte få hans sjæl,
bare han kunne tage den forbandede hånd væk, der greb
så forfærdelig om hans strube; for han ville løs.

Han var nået hjem til sit hus. Der lå hun inde, den elske-
ligste af alle kvinder og den bedste. Dersom hun vidste, at
hendes mand var stemplet med et mærke, der satte ham
uden for de agtede mænds kreds, hvad ville hun så sige?
Og børnene? Som han skred længere ned ad skråplanet,
voksede det til, og de ville snart komme til at forstå stil-
lingen; det ville blive dem en skygge i hælene.

Hvad havde han dog gjort! Hvorfor skulle han lide det-
te! Men han ville ikke lade sig knække!

Han knyttede hænderne, rystede dem i luften. Bare han
kunne komme til at gøre noget ondt, slå noget i stykker,
sparke til en hund. Han syntes, han kunne få luft, når han
måtte pine, trodse, hade . . .

Han stod længe uden for huset. Til sidst følte han en
trang til at lægge sig og lade sig langsomt fryse ihjel.

Endelig drev han ind. Det var sent. Marie var gået i
seng. Han tændte lys. Her så ikke meget ordentligt ud:
på den ene ende af bordet stod en symaskine, og en hel
del sytøj lå derved; hun havde lige sluppet det, som det
stod, og var gået i seng. Så snart hun vågnede om morge-

nen, skulle hun jo til det igen. Gammelt, slidt tøj af børnenes og hendes lå på stole og bænken.

"Hvordan er det dog, du ser ud, Jens?"

"Hvordan jeg ser ud?"

"Ja, du er så hvid som . . . hvad er der dog hændt?"

"Å, det er ikke noget!" sagde han og smilte uhyggeligt.

Hun sad op i sengen med den magre hånd om sengebåndet og klemte, så knoerne hvidnede.

Sveden perlede på hans blege pande, og hans skarpe, gustne ansigt så i halvmørket ud som et ligs. Det var skrækkeligt for hende at se; han stirrede så vildt, så ondt, syntes hun.

Så kom det da frem. Hvert ord, han sagde om den krænkelse, han havde lidt, skar som en kniv i hendes hjerte - som en ubarmhjertig hånd førte kniven snit for snit.

Da slyngede hun sine magre arme om hans hals, hun kastede sig ind til ham og udbrød: "Jeg holder så forfærdelig af dig, Jens!"

Og så tog han til at hulke som et barn.

Så græd de ud ved hinandens bryst, de to fattige mennesker, som dog var så unge.

Og blæsten tudede, og regnen piskede på ruderne, men de ænsede det ikke, for stormen, nøden, fattigdommen, hele verden sank ned i forglemmelse, og de var ganske ene tilbage, de to alene.

"Marie!" sagde han den næste dag, "vi er altså gået på grund. Vi kan lige så godt sige det, som det er. Jeg er en sølle arbejdsmand, der har tabt modet, og du kan lave dig en pose . . ."

"Men Jens da!"

"Ja, ja! Vi kan også akkurat lige så godt tage den med ro, for lige vidt kommer vi. Hvorfor skulle vi egentlig tage os det mere surt end nødvendigt. Sognet skal jo føde os, når det kniber, og hvorfor kan vi så ikke lige så vel lade det knibe først som sidst. Hvad siger du? Er det ikke min mening? Hja ... jeg ved ikke, hvad jeg mener eller ikke mener."

Så gik han ud i byen, kom hjem og gik atter ud. Han udrettede ingen verdens ting de første tre, fire dage. Hvor han kunne komme til, drillede han gårdmændene af hjertens lyst, især en aften, da der var møde om lovene for det nyopførte andelsmejeri. Der var almindelig stemning for, at parthaverne skulle have stemmeret efter det antal køer, de ejede. "Ja, det er rigtig," sagde Jens Brun, "man skal have stemmeret, eftersom man har gods til. Derfor skal kammerherren også have lige så meget stemmeret som hele Taastrup Sogn tilsammen, det er rigtigt, for sådanne bønder med en halv snes køer, hvad forstand har de på landsstyrelsen, eller hvad interesse har de deraf? ikke mere end en husmand på et andelsmejeri! Hva!"

Således gik det en lille tid.

Men en dag kom forandringen. Han kom rask ind, gik hen til Marie, tog hende om livet og kyssede hende. "Du skal ikke være forknyt, min ven. Jeg har gået og set på dig i disse dage, og ondt har det gjort mig; men jeg var jo selv så underlig og tvivlrådig i sindet. Men tror du; jeg vil have dig til at hænge med fjerene? Det kan ikke hjælpe på denne hér måde. Vi må se at klare ærterne på en anden vis. Tror du ikke nok, vi kan komme i gang igen? Umulig var det måske ikke, at vi endnu kunne nå - ja, jeg ved næsten ikke hvad."

Marie så glad op og smilte med sine forgrædte øjne, for hun mærkede, at hendes mand var ved at rejse sig igen.

"Jeg sagde dig forleden dag, at vi var løbet på grund, og det er vi også; men jeg tror, vi kan få vand under båden igen, hvis du vil være med."

"Om jeg vil!"

"Ja, ja, min pige! Nu er det bedst at tænke over det, for jeg mener nu ikke, det kan lade sig gøre her i landet."

"Å, - til Amerika?"

”Ja, det var det, jeg mente.”

Der lagde sig en skygge over hendes ansigt.

Han vedblev: ”Jeg sælger hele stadsen til købmanden, så kan vi betale vor gæld, jeg kan få billet, der kan endda blive så meget tilovers, tror jeg, at du og børnene kan leve et halvt års tid.”

”Det vil blive forfærdeligt, Jens, at leve alene her. Skal det være, lad os så hellere følges ad alle sammen.”

”Jeg tror ikke, det er klogt.”

”Skal vi virkelig rejse så langt bort til fremmed land, fremmede mennesker og fremmed mål? Jeg gruer for det, Jens!”

”Og jeg gruer for at lade være. Tænk på Kristen og Povl og Marie og Jens - hvad for folk kan de ikke blive til i Amerika?”

”Jeg synes, det er så tungt.”

”Ja, min pige. Men jeg mener nu, at det er den eneste måde at komme flot på. Men nu kan du tænke over det, og så kan vi siden tales ved, for vi vil handle i enighed.”

Det var hen i marts, og Jens Brun skulle rejse. Marie og børnene fulgte ham på vej. Søren Pedersen kørte. Da de kom op på de vestlige højder, bad Jens ham om at holde et øjeblik, mens han kastede et blik tilbage over sin fødeby, sin barndomsegn og sit lille hus bag træerne.

De stod på dampskibsbroen og så skibet komme.

Marie havde tidligere syntes, der var noget fint ved et dampskib; men i dag forekom det hende som et grimt, sort uhyre, der kom hvæsende hen imod hende.

Børnene gjorde store øjne, da skibet kom, og forældrene vekslede endnu nogle ord, men det var ikke mange, for hver gang, de begyndte, kom gråden dem i halsen; der var også så mange fremmede mennesker til stede.

Søren Pedersen kom hen til dem og stod og gumlede på noget, han skulle have sagt, og der kom da også det ud, at

Jens skulle ikke være bekymret for kone og børn, for de var flere mænd, der havde talt sammen om, at de skulle ikke savne noget, så længe de var i Taastrup, "for vi synes dog, jens ... ja, det er nu også lige meget, hvad vi synes ... Nå, farvel, Jens Brun, og tak! Og lykkelig rejse! Det kunne jo hænde, du kunne komme til at bo i Taastrup endnu engang, hva!"

Søren Pedersen rystede ærlig hans hånd til afsked.

Dampskibet gled fra broen under maskinens ensformige klapren og hjulenes plasken. Det blev mindre og mindre; men længe kunne det dog ses. Længe, længe stod Marie der endnu og stirrede ud efter den lille, sorte prik.

Brookville, den 5. april.

Min kære hustru!

Tak for dit sidste brev. hvoraf jeg ser, at I har det godt, og at folk er så venlige mod dig.

Dine kære breve er mig til stor glæde i dette fremmede land; og når ensomheden, længslen trykker mig, tager jeg dem frem og læser dem igennem mange gange. Thi om end min længsel derved øges, så er det dog på samme tid, som du kom mig nærmere, min egen pige, som noget af dit væsen bares over til mig, som hjemmets kære klokke-toner kaldte på mig i ethvert lille ord, og dem har jeg lært at skønne dobbelt på i mit ensomme liv, ensomt midt imellem menneskenes mylder og maskinernes evindelige klapren.

Jeg får en god løn, så vi kan leve rigeligt og endda få råd til noget ekstra, så længe jeg da er rask. Jeg sender dig hermed 200 kr., om du skulle have lyst til at købe et eller andet til rejsen. Billetten håber jeg, du allerede har mod-taget. Og så venter jeg at se dig og vore elskede små i juli måned. Kristen gror vel godt, og de trives vel alle?

Så kommer den stund, jeg har længtes så inderlig efter, da jeg skal gense dem, der står mig nærmest her i verden.

85

Det har været så strengt for mig i dette års tid at være borte fra eder. Jeg har ligget i min seng og ikke kunnet sove i mange, mange nætter og har været syg af længsel efter eder. Gud føre eder raske og sunde over til mig!

Jeg synes, min egen pige, at det er, som vi bliver gift på ny, og jeg længes endnu mere efter den stund, jeg skal føre dig herind, end efter vor bryllupsdag.

Det er i mange måder herligt, frit og stort at bo herovre, og dog - det kommer jeg vist aldrig ud over - vort lille hus i Taastrup ved Limfjorden er den skønneste plet på jorden. Nå, men det kommer måske også af, at du bor der og er borte fra mig.

Hvordan står de træer, jeg plantede, året før jeg rejste? Den gamle hyld er vel lige hyggelig? Jeg kan så tydelig se dig sidde derunder med dit bindeværk, mens børnene triller om i græsset.

Hvorledes det vil gå med mine planer – ja, derom kan jeg ikke sige noget. Det er ikke således at bøje livet. Også her er mange vanskeligheder.

Men det daglige brød kan vi da lettere få her, om vi kan forblive raske.

Dog, Danmark er dog Danmark, og vil Gud, kommer den dag, da vi atter fæster bo derhjemme.

Kys nu vore børn fra deres far, der i fremmed land længes efter sine raske sønner, men mest dog efter dig, min elskede lille Marie.

Din hengivne mand

Jens Brun

DØVE-ANDREAS

I

Som herregårdssmed på Ravnstrup havde Døve-Andreas lagt mærke til en grusbanke, som lå ud for smedjedøren. Tværs forbi døren førte den brede, optrådte vej, ad hvilken studedrifterne kom ind fra udmarkerne, og lige på den anden side af den var grusbanken.

Den var så høj, at den fra smedjens synspunkt rakte op mod skyen. Ind i den var skåret en halvrund, vældig vid grav, hvis skrå sider stod rødbrune af grus med små rullesten og kager af sortbrun al imellem.

I denne grube og op over banken havde herremanden plantet fyr det år, Andreas fik pladsen.

Mens arbejdet stod på, var smedens overkrop ofte kommet til syne over halvdøren, på hvilken han hvilede sine nøgne, hårede, muskeltykke arme. Hans store, godmodige øjne smilte ad hele foretagendet, og i det sodede ansigt lyste en række hvide tænder. Når han havde stået her lidt, lo han, så hans bluse rystede, og så klang ambolten igen.

Men så var det, at fyrrene virkelig tog til at gro. Det var det underligste, Andreas havde kendt.

Så ikke alene lagde han mærke til grusgraven, så studerede han den, til han kendte hver nål på de små træer. Hver aften fra april til oktober, når han havde slukket ilden på essen og tændt sin pibe, sad han nemlig udenfor og så på de grønne småduske i det røde grus. Og han havde pladsen her i ti år.

Når hans blik ikke var bundet ved hændernes gerning, strejfede det gerne over studevejen, som sad der et lille, lokkende væsen i toppen af hver fyr og vinkede til ham med sin lille alfehat.

Hidtil havde intet således draget hans øjne til sig. De unge piger havde han aldrig set efter. Hans øre kunne jo ikke skelne gant og tant fra alvorstale. Han boede i denne henseende som en ensom mand på en stille borg, og han turde ikke nedlade vindebroen for den verden, der var udenfor, thi han vidste ikke, om den var befolket af venner eller fjender.

Var han sammen med en eller anden person, så denne på ham, som ville han sige: "Det kan jo ikke hjælpe at tale til dig, for du kan jo ikke høre, Andreas!" Var han sammen med flere, så var der altid nogle, som lo, og intet pinte ham mere end latteren, han ikke forstod.

Derfor var Andreas altid hjemme ved smedjen, og derfor foretrak han fyrrenes selskab fremfor menneskenes.

Den hovedvej, der ellers fører livets mange røster ind til et menneskes bevidsthed, var jo lukket for Døve-Andreas' vedkommende. Kun fyrrene talte til ham i det tavse sprog, som sænker sig gennem øjet. "Du ser forundret på os, Andreas, med dine gode, enfoldige øjne!" sagde de. "Men der er næring alle vegne, når man vender rødderne ret. Vi er langt lykkeligere, end om vi var prydplanter i herremandens park. Her dækker vi den hårde al og det stride grus, og så vokser vi til gavntømmer. Det skulle du også, Andreas!" - De løftede på deres kronskud hans tanker op med sig, så når hans forestillinger hævede sig over hverdagslivets huggen i stykker og svejsen sammen, så stod det i forbindelse med det, han daglig havde for øje tværs over for smedjen. - Når rimen ind mod jul pyntede nåle og grene, og morgensolen spejlede sine stråler i de mangfoldige krystaller, så var det, som hundrede julelys tændtes her for ham alene. Og når vinteren med sine dynger havde dænget alt, hvad der var småt og stod lavt, og man så kom hen i marts-april, stak de grønne spidser ovenud af sneen, ligesom nikkede til ham og hviskede: "Nu har vi jo forår, Andreas!"

Således banede de små fyr sig et spor ind til et festligt rum i den døve mands indre, hvor tankerne samledes, når de kom puslende fra det daglige småliv. Fyrrene blev hans venner og hans tankers selskab.

År øgedes til år under denne omgang. Og så kom der en tid, da Andreas fik lyst til engang at vove noget. At smede søm og beslag kunne han udenad ligesom en remse i Balles Lærebog. Men han fik lyst til at sætte en prøve, som for alvor kunne lykkes eller mislykkes. En livsprøve skulle det være.

Fra de voksende fyr suste livets pust ind til ham, og dette sus sænkede sig som drømme i herregårdssmedens sind.

II

I Ravnstrup Bakker lå en lod på en halv snes tønder land. Øst efter gik den ned til Aslev Bæk, og her i lavningen kunne der nemt blive et par agre med foder til en ko. Mod vest gik lodden op over en stenrevle, der engang havde været strand, og bugtede sig videre op efter i meget ujævne banker. På det højeste sted lå en af oldtidens mægtige gravhøje, hvorfra man kunne se vidt ud over fjorden og Nordjyllands bakkede egne.

I denne lod forelskede Døve-Andreas sig. Og så giftede han sig med glarmesterens Bolette.

Ved en høstfest på Ravnstrup havde der været dans på loen. Men Andreas havde siddet i udskuret for sig selv. Ungdomskredsens fyrværkeri af lette ord og munter latter, som fløj omkring og gnistrede, gik forbi hans øre. Uden for skæmten og de susende skørter havde han siddet og set det hele, siddet som i en klokke af tykt glas, hvorigennem ingen lyd kunne trænge; kun de dumpe dansetramp kunne han mærke.

Ud på aftenen var Bolette kommet hen til ham og havde stillet sig tæt op imod ham. Han havde flyttet sig. Men da det svulmende kvindelegeme, der pustede efter dansen, gentagende nærmede sig ham inde i det halvmørke rum, var han blevet underlig til mode. Det havde kriblet ham i kødet, som skulle han gribe dette stykke fra livets gilde, skæbnen ligesom havde skubbet hen til ham. Men Andreas var fremmed for livets praksis i denne henseende, og den ukendte ængstelse holdt hans arm tilbage. Foreløbig kom der ikke andet ud deraf for ham end nogle vågne nattetimer.

Men da han havde købt lodden i Ravnstrup Bakker, havde bygget en bolig der for sine sammensparede penge og gravet sig en smedje ind i den gamle strandkant, så skulle han jo have en kvinde ind i huset. Og da kunne det ikke falde ham ind at tale til andre end Bolette.

Da Andreas den første morgen som gift mand åbnede hyttedøren, stak han sit uvaskede smedehoved ind under et frisk styrt af sval, strømmende morgenluft. Han åbnede sine øjne og så den grønne engstrimmel, stenrevlens hvide, solblegede muslingeskaller og de brune lyngbanker, kronet af kæmpehøjens kuppel, dette stykke urland, der altid havde hvilet som i en evig stilhed og fred. Og han så det alt i en ny belysning, thi det var morgen i hans sind. Han følte sig stående ansigt til ansigt med sit livs dagsværk.

Her var det jo, at livsprøven skulle stå.

Så tog han en mundfuld kardus, satte sig på en mosgroet kampesten og lod blikket løbe op og ned ad terrænet.

Indtil Bolette med et lyksaligt smil over sin husmoderlige værdighed meldte, at kaffen var færdig.

-- Så kom de søgne dage, den vanskelige tid, da drømmene skal indfries.

Andreas planerede, plantede, pløjede og kulegravede sit jordstykke mange gange – i fantasien. I virkeligheden kom han ingen vegne.

I løbet af femten år bragte Bolette nemlig en vrimmel af børn til verden. I de femten år var han lænket til ambolten og måtte være glad til.

Og livsplanen vedblev at være lige langt fra sin udførelse.

Men der var granit i Andreas.

Ligesom der nemlig i ældre jorddannelser findes varige bjergarter, der afgiver de solideste grundsten for civilisationens stolte bygninger, således gives der også arter af mennesker, der har så meget oprindelig og uforgængelig natur i sig, at ethvert samfund gør vel i at bygge derpå. Af den slags var Døve-Andreas.

Vel så han nu mere tungsindig ud gennem smedjens halvdør i de korte pusterum, han tog sig; vel blev han mere duknakket i de femten år, han stod her og hamrede, men med hvert slag slog han dog mere fast for sig selv, at det, han havde tænkt sig, dog nok engang skulle blive bragt til udførelse.

Han havde aldrig talt mange ord; i de femten år blev han endnu mere fåmælt. Det var heller ikke mange tanker, han havde tænkt, og i de femten år blev det ikke til flere; tværtimod samledes hans sind endnu mere ensidigt om den ene grundtanke. Men denne holdt den selvgroede skikkelse også fast med et urmenneskes styrke. Holdt den fast som et rov, ingen kunne fravriste ham, og om hvilket han var rede til at kæmpe med selve skæbnen, om det skulle være.

Ikke således at han tænkte på nogen slags formastelig opsætsighed.

Nej, Andreas vidste så godt, at skæbnen gik sin uanfægtede gang over menneskenes hoveder, at den gav giftermål og børnetal og alskens tilskikkelser efter det, som forud var bestemt og afgjort.

Men således at ingen alligevel skulle kunne afgøre striden, før han ikke mere var til.

Han ville ikke for alt i verden på trods kæmpe mod verdensordenen, men på bunden af hans sjæl lå det dog fastgroet, at hvis livet ellers blev langt nok, så skulle dog prøven både sættes og holdes.

Således gik den tavse, ensomme, døve mand sin rolige gang som en klode i sin kreds - med ét midtpunkt i sit liv og én livsplan over sin bane.

Når han hentede vand ved bækken, faldt han stundom i tanker, blev stående og så nedenfra på de nøgne banker. Og stundom sad han på kæmpehøjen og så det samme ovenfra. Men han ventede.

I femten år ventede han, uden at der var nogen fremgang at øjne.

III

Der kom jo imidlertid de dage. da Bolette ikke længere kunne føde børn. Da var Andreas over halvtreds. Han tænkte dog ikke på, at fra den alder plejer menneskets kraft at dale, men han fandt, at nu var tiden inde, han havde ventet på.

Fra den stund var de to aldrende mennesker tidlig og silde at se i bankerne med skovl og hakke og trillebør.

Kæmpehøjen voldte Andreas hovedbrud. Ved foden af den var et stort hul, som den nemt og passende kunne fylde. På den anden side var det en egen sag at røre ved sådanne gamle ting, syntes han. Dernede, hvor bækken nu løb, var fjorden gået ind i sin tid, kunne han nok tænke; hvor smedjen stod, var jo den gamle strand. Her havde altså fortidens folk haft deres færd, og her i højen havde de jordet deres døde. De havde nu hvilet i fred, Gud ved, hvor længe, og så skulle han give sig til at kaste med de dødes ben. Nej, deraf kom ingen velsignelse, troede han.

Alligevel, højen var dog kun jord, og den var hans, så han havde lovlig ret til at handle dermed, som han ville. Og en morgen gik han da derop med sin spade for at gøre begyndelsen.

Men da han satte foden på det gamle mindesmærke, kom han til at tænke på, hvor mange tusinde spadefulde dog sådan en gravhøj indeholdt, og hvilken møje det dog havde voldt i sin tid at tue dette mægtige hvilested. Da sænkede han spaden, hvilede sine arme på skaftet og grundede på, hvad eftertiden mon ville gøre ved hans arbejde.

Da han derefter løftede sine øjne og så, hvor blødt og smukt højen rundede sig, og hvor hel og uberørt dens overflade var, så kunne han ikke ødelægge den. Det ville for ham være som at skære i levende kød, syntes han næsten.

Således fik gravhøjen lov at stå.

Senere blev den fredlyst til evindelige tider med underskrift og tinglæsning, og endelig blev der en dag anbragt en sten på den med dette indhuggede mærke: "FM" med krone ovenover. Da så Andreas derop, gumlede på skråen og sagde til sin kone: "Det er ligegodt kongens krone, Bolette!" Han var øjensynlig glad over, at han havde ladet dette gamle minde stå i fred.

Da fem, seks år var gået, så det ud til, at træerne, han havde plantet, ville komme frem. Nu lagde han også sit meste arbejde her fremfor i smedjen.

Efter femten års forløb var her en hel plantage, hvor kapellanen holdt det første offentlige møde. Snart blev der flere sammenkomster af omegnens folk på denne hyggelige og lune plads. Den gamle, hvidhårede pastor Petersen tog undertiden herud med alle præstefrøkenerne og drak kaffe. Og selve Klavs Kaas til Ravnstrup havde også værdiget plantningen et besøg.

Ligesom oldtidens folk hver for sig troede, at de boede i jordens navle, således mente Andreas egentlig, at hans lod i Ravnstrup Bakker nu var verdens midtpunkt.

Ved det første møde havde kapellanen brugt plantningen her som en lignelse. Det havde Andreas fået fat i, og siden var han tilbøjelig til at tro, at alle taler, der blev holdt her, drejede sig om det samme, som hans egen tankegang kredsede om. Og høre, hvad der blev talt, kunne han jo ikke. Han stillede sig altid andægtig op foran den, der førte ordet, og enten det gjaldt den kristne omvendelse, den politiske stilling eller andelstankens fortrinlighed, så tog Andreas det som en hyldest til sine hænders værk. Og ud fra dette synspunkt takkede han regelmæssig talerne for ordene.

Forvalteren på Ravnstrup skaffede ham præmie og lovede ham en husmandsrejse til næste år.

En husmandsrejse! Det var ved at løbe rundt for Andreas. Han havde engang været i Løgstør, men ellers kendte han ikke noget til den verden, der lå uden for Ravnstrup sogneskel. Han var i den henseende som negeren, der aldrig har været på den anden side floden.

"Hvor tror du egentlig, jeg skal hen, når jeg nu skal ud at rejse?" spurgte han Bolette.

"Ja, det kender en jo ikke, Andreas!" svarede hun.

"Hva-a!"

Hun bøjede sin mund til hans øre og råbte på ny: "Jeg siger, det kender en jo ikke, bitte far!"

Han nikkede med de højtideligste og mest forventningsfulde miner: "Nej, - det kender en ikke!" gentog han for sig selv.

Ofte sad det gamle par oppe ved mærkestenen på den lyngklædte gravhøj inde mellem granerne, når aftenskæret strøede sit milde guld over heden. Det var jo glædens dage for dem. Ikke den glæde, der bruser ved tanken om, hvad fremtiden lover, ikke morgenens, men aftenens, den stille, alvorsfulde glæde, der stiger fra den gerning, som er gjort.

Men når de sad her, mens den store stilhed spændte sine kæmpevinger over fra den ene synsrand til den anden, så blev Andreas stundom angst. Angst for, at lykken måtte være for stor. Og som mørket faldt på, syntes han, at kæmpevingerne svævede truende over dem.

IV

En dag kom så forvalteren for at få andragendet om husmandsrejsen skrevet under.

Men da havde Andreas allerede længe gået med højre arm i bind.

Sidst på vinteren var nemlig slagter Jespersen kommet kørende som en gal mand ned ad Ravnstrup vejen. Hestene for i vildt løb, mens slagteren dinglede fra den ene side af agestolen til den anden og brølede: ”O, Susanne, o, Susanne!” Andreas kunne jo ikke høre, og han gik i sine egne tanker foran køretøjet, til det var lige i hælene på ham. Stind og stiv var han jo efter et helt livs slid, så da han sprang til side, tumlede han og brækkede højre arm og kravebenet.

Siden havde Maren Spliid behandlet ham med trolderi og smørelse, men armen var og blev ubrugelig.

Nu stod forvalteren her altså med andragendet. Andreas’ helligdagstrøje havde Bolette for længe siden pudset op; den hang inde i skabet ved siden af et par ny bukser af

95

Aalborg-klæde, der var anskaffet med turen for øje, og Andreas havde øjensynlig også mod på den. Alligevel så han betænkelig ud. Konen og han var nemlig flere gange blevet enige om, at det under de foreliggende omstændigheder af flere grunde var bedst at opgive den.

Bolettes bekymrede udtryk tydede imidlertid på, at hun frygtede, at Andreas ikke kunne modstå, nu han så papiret.

”Du kan jo dog ikke høre, hvad de siger til dig, Andreas!” råbte hun.

Med et svagt nik syntes han at indrømme denne kendsgerning. Men lokket af alt det herlige, som hans indbildningsevne havde forbundet med denne rejse, indvendte han: ”Men jeg kan da nok se, Bolette!”

Dette kunne hun jo ikke nægte.

”Men jernbanerne og så meget andet derude ... du kan såmænd ikke retirere dig selv!”

Imidlertid spurgte forvalteren Andreas ud vedrørende skemaet.

”Han kan såmænd ikke modstå,” tænkte hun. Endnu engang gjorde hun dog et afværgende forsøg, idet hun råbte ham ind i øret: ”Ja, men du kan jo ikke knappe dine bowser æ bag, bitte far!”

Han blev alvorlig betænkelig. Den venstre arm var næsten ubøjelig, og den højre kunne han jo nu ikke få bagom og knappe selerne. Han vidste jo godt, og han forstod også, at denne lille praktiske vanskelighed så godt som umuliggjorde rejsen. Han stod en tid og grundede og klemte skråen.

Så slukkedes efterhånden håbet i hans blik, det svandt i skyggen, som lagde sig over hans rolige ansigt, hvis udtryk blev vemodigt, som sagde han farvel til et smukt syn.

”Nej, vi får vel lade det være!” ytrede han omsider afsluttende, men med en næsten blød stemme.

Men der kom værre følger af faldet end det, at Andreas måtte blive hjemme fra husmandsrejsen. Lange tider efter var der endnu ingen kraft i armen, så han kunne ikke tjene en rød øre, især da det var den højre, og sygdommen trak stadig løs gæld til den faste, som var i forvejen.

Nu forstod Andreas, at herefter ville det dale. Han gik tavs omkring og så på sine fyr, der groede op om kæmpehøjen. Kun engang imellem sagde han med den ensformige tone, tunghøres tale ofte får: "Det er lige godt et minde, det ene med det andet, Bolette!" Stadig den samme sætning sagde han med visse mellemrum i disse tider. "Det er lige godt et minde, Bolette."

Først efter et par års forløb kunne han begynde at småsysle ved skruebænken. Men det blev ikke til andet end småhuggen og småhamren; aldrig mere i sit liv kom han til at slå et ærligt slag, der rigtig kunne synge i ambolten.

Og så blev det jo også kun småskillinger, han tjente. Alting blev herefter så småt. Dagens kost blev kun til småbidder - småsulten det meste af året og småfrysende hele vinteren. Småsnakkende. Og de gamle ben flyttede sig mere og mere småtrinet som hos dem, der nærmer sig graven og dog gruer for det åbne hul.

Og de store tanker, de blev også små, og det var måske alene derfor, at vendingen var kommet, tænkte Andreas, for det er ikke godt, når menneskenes tanker bliver alt for store.

Således var det kun alene skyggerne, der blev længere og længere.

Da den første karse nede ved Aslev Bæk udfoldede sin lilla krone, døde Andreas. Seks stærke sønner bar ham til det sidste hvilested. Men Bolette overlevede ham kun i fjorten dage – så nær kunne de have fulgtes ad i døden.

Og det burde de i grunden have gjort. Og så burde de have været jordfæstede inde mellem fyrrene, de havde plantet.

Og mange, mange år efter burde der endnu suse fyr over deres gravtue, og den slægt, der da vil leve, burde forstå som Andreas, at den unge dåd gror godt af ærbødighed for de gamle minder.

ENE

Helt ude i Maarup Hedebakker ikke langt fra havet ligger Maarup Præstegård tæt ved Vor Frue Kirke og en udtørret kilde, hvor i længst forsvundne dage almuen forsamledes til kildemarked. Engang skal her have ligget en stor by, som sandflugten i sin tid har udslettet. Nu er her kun tilbage den tomme kildegrube, kirken og præstegården.

For en del år siden boede her en præst, som var meget stridbar og trættekær. Ungdomsdrømmes fejlslagne forhåbninger og misnøje over at skulle tilbringe sine levedage på dette afsides sted gav hans krigeriske sind næring. Og måske var det også noget en trang til adspredelse, der gjorde, at han til stadighed lå i tvist og trætte med sine grandefolk. Der var stof nok til strid i de vanskelige, ofte utydelige skellinjer, der drog sig om præstegårdens vidtstrakte jorder, ud og ind gennem Maarup Hede.

På den tid boede her en arbejder, der havde et hus til livsfæste fra præsteembedet. Han levede lykkelig med sin familie, gik hver dag flittig på arbejde og svarede sit lejemål punktligt.

Så rejste præsten striden om skellet og bød husmanden rykke det tilbage.

Men Ejler brød sig ikke derom. Og en rende, der var blevet ridset ad en ny linje, kastede han til igen.

Så lod præsten grave en grøft og sætte et rækværk.

Men lige så hurtigt, det var oppe, brød Ejler det sønder, slængte stumperne bort og fyldte grøften.

På ny blev det opført, og præsten kom just kørende, da Ejler atter var i færd med at jævne det med jorden.

Da for præsten som en rasende ind på Ejler og slog ham en på øret. Men Ejler tog sin greb, vendte skaftet mod præstens bryst, sprang tilbage og indtog dækstilling. Der-

fra parerede han og gjorde udfald med kvart og terts og
"høj terts", akkurat som han havde lært i 1848 - "og dem
kendte præsten skam int," tilføjede Ejler siden med et
smil, når han fortalte det.

Kunne Ejler blot have holdt striden stående på dette
grundlag og med den art af bevisførelse, så havde sejren
været ham vis.

Præsten fik stød på stød, så det buffede i hans tykke
mave, og aldrig kunne han få ram på Ejler.

Men idet præsten atter steg til vogns, råbte han rasende
til Ejler: "Du skal komme did, hvor hverken sol eller må-
ne mere skal skinne på din usselkrop, så sandt jeg er præst
i Maarup og hedder Blæstrup - kør!"

Ejler stod med et halvt smil på læberne og så efter den
bortrullende vogn, hvilende sine arme på greben og tænk-
te på, hvad der mon videre kunne komme ud af sagen.

Hen på sommeren var der kommet en landmåler, der
vadede om i lyngen i lange støvler med stænger og kæde.
Ejler fik ud af ham, at skellet kunne gå her, men det kun-
ne også gå der. Senere fulgte proces med tilsigelser, mø-
der, vidneførsel og jævnlige rejser. Det var meget vidtløf-
tigt alt sammen.

Ejler kunne ikke bestille meget under disse omstændig-
heder; og han ville heller ikke rigtig ud på arbejde. Når
han nemlig var borte, var han altid urolig. Huset lå jo lige
under præstens øjne, og hustru og børn var nemt skræmte.
Han syntes altid, han måtte være i nærheden af hjemmet,
thi det var for ham, som om rovfuglen stedse kredsede
over hans rede.

Men familien led ofte savn både af mad og drikke. Selv
tænkte Ejler ikke så meget på disse ting, optaget som han
var af sagen, nat og dag. Somme tider var han ikke i tvivl
om, at han jo måtte vinde den soleklare ret, han havde,

men som sagen skred frem, ængstedes han dog stundom for sin mægtige modstander.

Der slæbte sig et par år hen på denne måde, og det kom dertil, at præsten kunne fremføre flere vidner, der havde tjent i præstegården, på, at skellet gik, hvor han sagde. Men på Ejlers side ville Lars Bæk og Per Toft beedige, at skellet alle dage, så længe de kunne huske tilbage, havde gået der, hvor Ejler påstod.

Så kom den store afgørelsens dag. En klump af mennesker flyttede sig langsomt frem over Maarup Hede. Der var herredsfogden, politibetjenten, præsten, præstens prokurator, en landmåler, Ejler og flere andre, der var måske over tolv mand. Præstens vidner skulle den dag vise skellet i marken.

Herredsfogden tog den mine på, han anvendte over for tyve og mordere og sagde til Ejler: "Du er nok en stridig karl!"

Ejler tog til huen og sagde kækt: "Det har a aldrig været, men min ret har a al sin daw så bandsat gerne villet haft, hvem og hvad der så stod imod!"

"Integer vitæ scelerisque purus!" ("Skyldfri i vandel og ren for brøde!") bemærkede præsten ironisk.

Kammerjunkeren smilte til hs. velærværdighed, og prokuratoren kom til og sagde noget, hvoraf de lo alle tre.

Ejler forstod, at disse mænd over for ham var et fremmed folkeslag, der havde mere tilfælles end sprog og klædedragt.

Men han troede på kongens lov.

Påvisningen af skellet gik godt nok, til man kom ned til Maarup Rende, men herfra og marken ud, det stykke, hvorom det særlig drejede sig, var det tydeligt, at vidnerne i grunden vidste hverken ud eller ind.

Præsten blev lidt betænkelig, men Ejler mente, at her var noget at skrive på hans side.

Endelig blev de færdige, og resultatet gav præsten medhold, men før vidnerne drejede ind i præstegården, hviskede prokuratoren til dem, at når nu herredsfogden spurgte, om de kunne vise skellet, så måtte de endelig svare rask jo, - ellers kom de i ulykke!

"Nå," spurgte herredsfogden, da retten var sat, "kan vidnerne vise skellet?"

"Ja," svarede de enstemmigt," som gjort!"

Efter noget skriveri og forhandling spurgte herredsfogden: "Har Ejler Kristensen noget dertil at sige?"

Ejler rettede sig: "Fra Maarup Rende og marken ud vidste de da ingen besked. Og det får nok stå ved magt, hvad Lars Bæk og Per Toft siger, at retningen Borge-Dige, Maarup Rende og Madses Høj, der er skellet, og der har det gået i mands minde!"

Herredsfogden rømmede sig og så meget streng ud: "Vidnerne har afgivet forklaring, og nu spørger jeg dig, Ejler Kristensen, om du har noget dertil at sige?"

Nej, så havde Ejler ikke mere at sige.

Dette blev ført til protokols.

"Og det var just det gale af det, for fra det øjeblik af, så var det hele forbi," sagde Ejler siden.

Han gik træt hjem og tung i sindet. Han havde haft guldsnorene og klædesfrakkerne imod sig, og han havde en sikker følelse af, at de havde været ham for stærke. "Se loven," sagde han, "den kunne a jo nok med, men gid fanden ha'de uniformerne!"

Fæstet var forbrudt. Ikke længe efter blev Ejler kastet på døren - "tværtimod Guds ord og kongens lov," sagde han - og huset hjemfaldt til præsteembedet.

Fra den dag tog Ejler forandring. Hele den side af mandens liv, som vender mod familien, samfundet, og den udadgående virksomhed lammedes hos ham. Og det var kun den indadvendte side, der ret levede.

Der er en hundesygdom, som viser sig på den måde, at dyret går rundt om sig selv, stadig rundt til den samme side om et midtpunkt, uafladelig rundt. Således kredsede Ejler om skelsagen fra denne stund. Han talte om den til alle, han mødte, og alle, der ville høre på ham, talte om den ret, som var skjult og begravet i de tykke protokoller, men som nok engang skulle åbenbares.

Om præsten sagde han: "Ja, dersom ikke sådan en præst kommer til at brænde i helvede, så forstår en ingenting!" Han hadede af et oprigtigt hjerte den mand, der havde krænket ham så dybt og gjort ham så stor Uret. I denne stærke følelse dyppedes hans ord, så de fik noget af den sære glød, som gal mands tale har.

Mange holdt af til adspredelse at høre ham fremstille sagen og ægge ham for morskab. Men ingen forstod, at den blodige uret som en rovklo havde flænget hans hjerte.

Når han gik forbi, trak man på skuldrene. Man lyttede med opmærksomhed til hvermands snak om vind og vejr, når man kun havde et hånligt smil tilovers for det, der brændte i Ejlers bryst. Hustru og børn var som de andre; over for dem, der vel også nok kunne have nogen grund til klage, blev han som en fremmed.

Han skønnede godt, at hans ret eller ikke-ret var folk i almindelighed en aldeles ligegyldig ting, så man endog mente sig berettiget til at irettesætte ham med hårde ord.

Men den kulde, han mødte, frøs indefter til livsharme.

Man skal jo kunne hypnotisere sig selv ved uafbrudt at stirre på en skinnende genstand. Skelsagen i hadets stærke lys, det var den blanke knap for Ejler.

Forurettet fra oven, ikke forstået af sine ligemænd - ene og forladt blev han et skumpelskud, en særling.

Man møder mange af den slags på veje og stier.

Og dog havde han været så ung og rank og livsmodig en mand.

De, der har magten, har tillige et stort ansvar, men de, hvem et hjerte blev givet til forståelse og deltagelse, har et ikke mindre.

I tredive år gik livet for ham, og ingen var der til at fri og udløse ham.

Men da han blev en olding, hans hustru var død, hans børn i Amerika, gifte og hjemfarne, borte fra ham, så blev han af kommunen tinget i kost og pleje hos Dorte Husmandskone på Maarup Hede.

Dorte havde en velsignet evne. Alt kræ og småkravl, andre ikke regnede: klynkende kyllinger, spædkalve og triste smågrise, alt sygt og skrantende trivedes og fandt sig snart vel under hendes lykkelige hånd. Hos denne kvinde lå Ejler i sin seng i to år. Hun hørte i den tid velvilligt på ham, snakkede venligt til ham og så på ham, som hun kunne være hans datter.

En morgen vågnede han efter at have sovet så længe, så godt og så trygt, som han ikke havde gjort i toogtredive år.

”Å, Dorte!” udbrød han, ”a er så glad. Og a tykkes, a kan tilgi' dem alle sammen nu . . . Ak, ja!” - nikkede han, som vågnede han af en ond drøm - ”min sølle kone, mine sølle børn og mig sølle menneske!” Og nu græd han, hvad han ikke havde gjort den sidste menneskealder.

”Kom hen til mig, Dorte!” Han tog hendes hånd. ”Har a været en sær en? . . . hm! hm! . . . . . Men nu har a tilgi'et dem alle sammen. Du har sådanne gode øjne, Dorte, og du ville være god mod mig gamle mand! .... Min sølle kone, mine sølle børn og mig sølle menneske!” gentog han og græd på ny. ”Livet er et underligt filterværk, Dorte.”

Næste morgen stod han op, vaskede sig og iførte sig sine bedste klæder. ”A vil se stedet en gang endnu Dorte,” sagde han, ”og så vil a med det samme kigge ind til Lars

Bæk, han ligger jo så syg - Per Toft er jo død for længe siden, ak ja ..."

Han rokkede ned ad præstegården efter. Fæstehuset var borte, men stedet var jo det samme endnu, og Maarup Rende rislede stille af sted som i gamle dage, uforanderlig som tiden selv. Han satte sig på en lyngtue og løb det alt sammen igennem en gang endnu. "Der var det såmænd det skete ..." tænkte han og tabte sig i minderne. "Men nu har a tilgivet dem alle sammen, Gud ske lov! ... Den Dorte er da en mageløs kone ..."

Da Ejler havde gjort denne tur, så havde han ligesom taget afsked med jorden. Han lagde sig atter i Dorte Husmandskones seng og kom ikke mere op.

Fra nu af græd han næsten altid. "Men du skal aldrig bry' dig om det, Dorte, for a er alligevel så glad, som a ikke har været siden mine unge dage," sagde han. "Og det kommer alt sammen af, at du er så god ved mig, Dorte, - så god ved mig gammel mand!"